やる気なし
天才王子と氷の魔女の
花嫁授業《マリー・ベル》 2
海月くらげ イラスト 夕薙

CONTENTS

KEYWORD

学園迷宮

学園敷地内に点在する入り口から入ることのできる迷宮。最下層は把握されていない。

各層が一つの街くらいに広く、環境も層を跨ぐことで変わる。

生育の難しい貴重な動植物が存在する一方、危険な地形かつ強力な魔物も生息しており、行方不明者が出ることも珍しくない。

神代魔術《プリミティブ》

遥か昔、神が世界を統べていた時代に用いられていた原初の魔術。

魔術というよりも魔術によって引き起こされる現象そのものを発現させるニュアンスの方が近い(『封界凍結《ネイヴル・グレイシャ》』は温度低下によって凍結するのではなく、凍結という現象を押し付ける)。

現代魔術《ブリス》よりも優先度が上で固有の特性を持っているが、代償として使用するたびに何かを失う。

一部では『神呪』とも呼ばれる。適合すると身体のどこかに刻印が刻まれる。

の密会
「――いたんだ、ウィルの婚約者」

「その呼び方は気に食わないわね。リリーシュカよ。あなたは？」

クウィン・ヴァン・クリステラ
クリステラ王国の第四王女。

ウィルの異母姉に当たる。

学園の四回生で水魔術が得意。

享楽主義者で単独行動を好む。

王族の中でも浮いた存在。

大浴
「置いて行かないわ。ティアは私の……私たちの大切な友達だから」
リリーシュカ・
「置いて行かれないでね、リーシュ」
レーティア・ルチルローゼ

やる気なし天才王子と氷の魔女の花嫁授業《マリー・ベル》 2

海月くらげ

GA文庫

カバー・口絵　本文イラスト
夕薙

Prologue

「……魔晶症《ましょうしょう》？　わたしが？」

幼いわたしはベッドの上で痛みに苛《さいな》まれながら、身体を蝕《むしば》む病の名を聞いた。

魔晶症。

治療法の確立されていない不治の病で、罹患《りかん》した者は絶え間ない痛みに苦しみながら体中の魔力が結晶に置き換わって死ぬ。

その名を耳にした瞬間、頭が真っ白になった。

だってそれは余命宣告と同じで、わたしの未来が途絶えたことを理解させるにはじゅうぶんすぎる衝撃だ。

お父様も、お母様も、お兄様も、家の人も……みんな泣いていた。

どうして自分じゃなかったんだ、魔晶症などどうすれば——絶望を伴った声ばかりが上がっていたのに、

「………嫌だ」

その少年だけは、黒耀《こくよう》のような目の奥を燃やしていた。

ウィル・ヴァン・クリステラ。

クリステラ王国を治める王族の第七王子で、わたしの婚約者で、友達だった。

魔晶症に罹《かか》ってからは、ベッドからほとんど動けない生活が始まった。

鎮痛剤を飲んでも鈍い痛みは常に残っていて夜も満足に眠れず、食事も喉《のど》を通らない。

いつ病状が悪化しても対応できるように、傍《そば》には常にメイドが控えていた。彼女たちは甲斐甲斐《かいがい》しく世話を焼いてくれたけれど、わたしが返せるものは感謝の言葉くらいしかない。

わたしに出来たのはメイドたちに頼んで持ってきてもらった本を読むか、窓から外の景色を眺めるか、眠れないと理解しながら目を瞑《つむ》ること。メイドたちの手を借りて入浴は出来ていたけれど、段々と申し訳なく思ってしまって、気分転換どころじゃなくなった。

わたし、死んじゃうのかな。

心の中で呟《つぶや》いた回数は数えきれず、頭の片隅で常に考えてしまう。

こんなに痛くて、苦しくて、辛《つら》いなら、生きている意味なんてあるのかな。

そもそも今のわたしは生きているの？　死んでいないだけじゃない？

このままだと身体よりも先に心の方が死んでしまいそうだった。

「ティア、俺《おれ》だ。見舞いに来た」

魔晶症に罹って数日経《た》ったある日、わたしの部屋を訪ねてきたのは慣れ親しんだ声の少年
——ウィルくんだった。

まさかのことにわたしは痛みも忘れて驚いてしまう。

わたしは公爵家の娘で、ウィルくんは王族。

本来はわたしから出向くべきなのに、ウィルくんは供を連れてやってきた。

「……ウィルくん？　どうして来たの？　お勉強は？」

ウィルくんはいつも剣術や魔術、他にも色んな事を勉強していて暇な時間は少ないと話していた。婚約者のわたしがウィルくんに会えるのも週に一日あるかどうか。

まさか抜け出して屋敷に来たの？

真面目《まじめ》なウィルくんがそんなことをするとは思えないけれど、偽者には見えない。

「ティアが倒れたって聞いたから、無理を言って時間を作ってもらった」

当然のように言われて、胸の奥が熱くなる。

そして、ウィルくんがわたしの手をそっと包み、

「大丈夫、諦《あきら》めるな。必ず、ティアの病気は治る」

強い意志が籠《こも》った声と目で、わたしを元気づけようとしてくれる。

でも、その時のわたしには、眩《まぶ》しすぎた。

「……どうして、そんなことが言えるの？　魔晶症は治らないんだよ？　ウィルくんは、わか

らないよね。自分のことじゃないもんね」

自分の喉から発せられたとは思えないほど冷たい声だった。

わたしは前髪を払って左目を見せる。

「――わたしの左目、こんなことになっちゃったんだよ？」

魔晶症に罹ってから最初にわたしを襲った異変は左目。

頭に杭《くい》を打ち付けられているかのような頭痛の果てに、金色だった左目は血のような赤い結晶へと置き換わっていた。

メイドに言われて鏡で確認した瞬間、血の気が引いて気を失いそうになった。

わたしがわたしじゃないナニカに変わっていくのを、身をもって実感したから。

「わかったでしょ？　わたしはそのうち全身が結晶になって死ぬの。でも、それなら早い方がいいな。こんなに痛いまま生きているのは辛いから」

ウィルくんと会えたのは嬉《うれ》しかったのに、わたしの心は腐りかけていて。

出てきたのは絶望に染まった泣き言。

こんなことになるなら――ウィルくんと出会わなければよかったのに。

「――俺が治す」

聞き間違いかと思うような言葉がかけられた。

涙で滲《にじ》んだ世界の中で、ウィルくんの眼差《まなざ》しだけが輝いていた。

「俺が絶対に魔晶症を治す方法を見つける。だから、泣くな」

魔晶症は不治の病。

治療法も発見されていない。

罹ったら最後、死に至る。

お父様から聞いた言葉を頭の中で繰り返しながらも、ウィルくんの真剣な顔を見ていたら無理なんて言えなかった。


それからしばらくウィルくんと会えない日が続いた。

わたしの病状は悪くなる一方で、それに引っ張られる形で精神も沈んでいた。

あの言葉は嘘《うそ》だったのかな。

疑念が芽生え、着実に心の中で育っていく。

それが自分でも死にたくなるくらい嫌で、でも、目を逸《そ》らせない。

わたしにとっての唯一の希望だった。

国のお医者さんですら発見していない治療法をウィルくんが見つけられる可能性は限りなく低い。

それでも、信じている間はまだ戦えると思えていた。

そして——ある日の夜。

急に物音がしたと思ったら、部屋の窓を軽く叩《たた》く音がして。

「ウィル……くん？」

窓の外には、夢にまで見た人の姿があった。

わたしは一人だとベッドから動けない。

それを見越したウィルくんが魔術を使って窓の鍵《かぎ》を外し、開けてしまう。

吹き込んでくる夜の冷たい空気。

よっ、と部屋に入ってきたウィルくんは……上手《うま》く言えないけれど、前とは雰囲気が違うように感じられた。

「勝手に鍵を外して悪い。開けられなさそうだったからな」

「いいけど……こんな時間にどうしたの？　お城を抜け出してきたんじゃあ——」

「見つかったぞ、魔晶症を治せるかもしれない方法が」

「……え？」

思いもよらない答えを突き付けられたわたしは思わず呟いてしまう。

不治の病を治す方法なんてない。

治せないから不治の病なんだ。

なのに、ウィルくんの顔には自信がありありと浮かんでいる。

「師匠が言っていたんだ。不可能を可能にする奇跡じみた魔術……神代魔術《プリミティブ》ならあるいは、ってな」

「……本当に？」

「これならティアの魔晶症を治せるかもしれない。……いや、絶対に治す。……俺を信じてくれるか？」

傍に寄り添ったウィルくんが手を差し出してくる。

わたしはそれを、迷うことなく摑《つか》んだ。

伸ばした腕が軋《きし》み、痛む。

歪《ゆが》みかける表情を無理に繕い、微笑んで。

「……ウィルくんを信じるよ。だから、お願い」

「任せろ」

声の後に奇跡《神代魔術》は行使され――わたしの魔晶症は進行が止まった。

そして、ウィルくんは人が変わったかのようにやる気を失った。

◇

「……今日も問題なし、かな」

自室に置いた姿見の前に全裸で立っていたわたしは、今日も異状がなかったことに安堵《あんど》して呟いた。

魔晶症に罹ってから、わたしは毎晩寝る前に身体の結晶化が進んでいないか目視と手で触れて確かめている。

魔晶症には痛みが伴う。

何年も症状は表に出ていないけれど、魔晶症は不治の病。

いつわたしの身を襲ってきても不思議じゃない。

だからこれは、頭の片隅に居座り続ける不安を紛らわすために欠かせない時間だ。

「まあ、ただの自己満足だってわかってるけど」

わたしの意思で症状はコントロールできない。出来るのは明日も無事に過ごせるように神様へ祈るくらいだ。

このままずっと症状が再発しないでほしい、って思うのは甘えかな。

今のわたしはウィルくんに貰《もら》った猶予期間。

いつか、きっと、終わりが来る。

その日がいつなのか、わたしに知る術《すべ》はない。

それどころか再発時の対処すらままならない。

でも、どうなるかだけは明確にわかる。

わかってしまう。

「……わたしが望まなくても、ウィルくんはわたしを助けようとするよね。自分を犠牲にわたしを助けて、当たり前みたいな顔をするの。あの日も、そうだった」

ベッドで絶望していたわたしを、ウィルくんだけが諦めていなかった。

神代魔術……伝承や古い書物に断片的にしか記されていないような奇跡みたいな力で、瞬く間にわたしの魔晶症を治してしまった。

当時のわたしは魔晶症が治ったことに喜んだ。

お父様もお母様も、お兄様も、家の人も、ウィルくんも喜んでいた。

不治の病を治す奇跡。

そんな奇跡を、なんの対価もなく享受できるはずがないのに。

「……でも、ウィルくんはリーシュを助けるためにも使った」

その選択を止める権利は、わたしにはない。むしろ背中を押して送り出した。

だって、そうでしょ？

不治の病に罹った元婚約者がいつまでもその席に座っているなんて、許されるはずがない。

ウィルくんの隣にいるべきはわたしじゃなくて、リーシュだから。わたしは二人の幸せを、友人という立場で見守っていればそれでいい。

ダンスパーティーでも二人の婚約を祝福して、ウィルくんとのダンスでこの気持ちには区切りをつけた。

その、はずなのに。

「………ままならないなあ」

左目があるべき場所に収まった赤い結晶を指でなぞる。

魔晶症で、わたしは激痛と共に左目を失った。

当時はショックのあまり気を失ったけれど、今となっては大切なものだ。

この赤い瞳《ひとみ》はわたしがウィルくんに助けられた証であり、一生を懸《か》けて償わなければならない罪の象徴。

わたしが魔晶症に罹らなければ、ウィルくんは『やる気なし王子』なんて呼ばれることもなかったのだから。

第一章 ◇ 学園行事と第四王女

「――バカ弟子とリリーシュカ嬢には復帰おめでとう……と言っておこうかの」

某日午後の学園長室に俺《おれ》とリリーシュカ、レーティアの三人が呼び出されていた。

今日もノイは偉そうで、見透かしたような笑みで俺たちを出迎える。

「……なんだって呼び出されてるんだ？　学園に復帰してまだ数日、問題を起こした覚えはないぞ。品行方正なレーティアに原因があるとも思えないし」

「大変不本意だけれど、問題を起こす可能性としては私とウィルが大きいわね。……一応言っておくけれど、私にも心当たりはないから」

「えっと……どうして二人は何かをした前提なのかな？」

「婚約者同士で仲がいいということじゃな」

ノイになにか言い返したところで揶揄《からか》われるだけだと思ったため、口を噤《つぐ》む。

俺とリリーシュカは婚約者。

それも政略結婚という国家間の約定で結ばれた、お互いに望まない婚約だ。

おまけに今は寮の同じ部屋で過ごす同居人であり――『花嫁授業』なんて面倒極まる約束

までしてしまった相手。しかも互いに神代魔術《プリミティブ》の使い手であることを知ってしまったために、もはや他人だとは思えなくなってしまった。

「ノイ、いいから早く本題に入ってくれ。俺とリリーシュカだけじゃなくレーティアまで呼んだんだ。押し付けたい面倒事でもあったんだろう？」

「押し付けるなんて人聞きの悪い。わらわは人付き合いの悪いバカ弟子にもちゃんと学園生活を送ってもらいたいだけじゃよ」

こほん――わざとらしく咳払《せきばら》いを挟み、指を二本立てたノイが再び告げる。

「おぬしらに伝えることは大きく二つ。およそ半月後、学園で決闘祭が開催されるのは知っておるじゃろ？」

「まさか俺に出ろって言うんじゃないよな」

「察しがいいのじゃな。決闘祭は学園の注目が集まる催し。これを機におぬしの評価を変えてこいってことじゃ」

「……いまさら変えたいとも思わないし、変わるとも思ってない。なんなら俺自身が今の評価へ誘導している節すらあるが」

「いつも一緒にいるリリーシュカ嬢やレーティア嬢の評価まで下げる気か？」

二人のことを持ち出されると俺としては強く出られない。

リリーシュカは政略結婚の相手で、婚約者。

俺が不甲斐《ふがい》ない評価を受けていたら魔女の国《ヘクスブルフ》からの不信を買いかねない。

レーティアもクリステラの大貴族、ルチルローゼ公爵家の令嬢。

旧知の仲ではあるものの、それは俺が迷惑をかけていい理由にはならない。

つまるところ、俺もまともな学生を目指す日が来たというわけだ。

「……なんて面倒な。俺は第三階級《ドライ》だぞ？　学年別の対戦とはいえ、俺より強い生徒なんて大勢いる。それこそリリーシュカとかな」

横目で視線を送ると「面白《おもしろ》そうじゃない」と薄く微笑《ほほえ》んでいた。

「私も今年は出てみようかしら」

「よいではないか。リリーシュカ嬢は二回生の優勝候補筆頭じゃからな。見る側としてはハイレベルな方が楽しめる」

「他の奴《やつ》らが可哀想《かわいそう》だな。リリーシュカが相手と知ったら棄権しかねないぞ」

リリーシュカが規格外の魔術師であることは広く知られている。

一回生の時は実技だけなら学年トップだった。

そんなリリーシュカが出場するとなれば、他の参加者は苦戦を強いられるだろう。

「失礼ね。加減くらいするわよ。軽い怪我《けが》は我慢してほしいけれど」

「もちろん治癒魔術を使える術師は揃《そろ》えてある。腕の一本二本なくなっても再生可能じゃ。心の傷までは治せんがな」

「氷漬けも勘弁してやれよ」

「あなた以外にはそのつもりよ」

俺になにか恨みでもあるのだろうか。

訊《き》くのが怖いから訊かないけど。

「……二人が出るならわたしも出てみようかな」

「レーティアも?」

「わたしだけ観戦よりは面白そうかなって。もしかしたら二人と戦えるかもしれないし」

わたしじゃあ負けちゃうだろうけど、と照れ交じりに頬《ほお》を掻《か》いて口にする。

というのも、レーティアは魔晶症《ましょうしょう》——体内の魔力が異常を引き起こし、結晶に置き換わる不治の病に罹《かか》っている。そのためなるべく魔術の行使をしないようにしているのだ。

なのにレーティアが魔術学園に在籍できているのは類い稀《まれ》な知識や研究成果によるもの。

二回生の座学トップは何を隠そうレーティアだ。

学年末考査はほぼ満点。二位にも数十点の差をつけている。

総合では首席とならなかったが、それは魔術が不得意であることを示してはいない。

俺よりはよっぽど使いこなしている。

「三人とも出るなら盛り上がるじゃろうな。出場登録はこっちでしておこう。楽しみにしておるぞ。バカ弟子は無様を晒《さら》さんように鍛え直しておくんじゃな。必要ならわらわが練習相手になってもよいぞ?」

「冗談は口だけにしてくれ。第十階級《ツェイン》に正面からやりあうとかどんな無謀だ」

「魔術の規模でごり押すだけが魔術戦じゃない――それはウィルもよく知っているじゃろ?」

「そういう戦い方を教えたのがノイだからな」

平凡な魔術師と頂点に君臨する魔術師が同じ魔術を使ったとして、同じ結果になるわけではない。練度も、威力の上限もまるで違う。

「決闘祭についてはこの辺でよいか。続いて二つ目の話に移る前に……最近、学園迷宮の閉鎖が解除されたのは知っておるじゃろう?」

「空に浮かぶ妙な腕が目撃されたとかで、調査のために閉鎖していたんだったか。俺たちが休んでいる間に終わったんだな」

「……なんであなたは他人事なのよ。どちらかと言えば当事者側でしょう?」

「そうなの?」

「レーティアには話す機会がなかったな。俺とリリーシュカも妙な腕を目撃したんだ。正体は摑《つか》めなかったが……ノイの口ぶりだと調査でもはっきりしなかったんだろう?」

「その通りじゃな。二度目の目撃証言もない上に、そんなものがいた痕跡すら見つけられないとなれば、異常なしと報告するしかないのじゃ」

困ったことにな、と肩を竦《すく》めるノイ。

迷宮では何も俺とリリーシュカだけが目撃したわけじゃない。それこそフェルズもだし、他に迷宮探索をしていた生徒も目撃している。

あの圧倒的な禍々《まがまが》しさは明らかな異常であり、何かしらの理由があるはずなのに、それが見つからなかったのは不気味でならない。

「ここからが本題なのじゃが、妙な腕の調査中に二層で新領域が発見されてな。これもいい機会じゃと思い、調査に同行する生徒を募っておる。そこで二回生ながら有望な魔術師のおぬしらも誘っておこうと思ってな」

「……迷宮二層か。地下墓地、だったよな。迷路みたいに入り組んだ地形が特徴の」

「一層から降りた広間から三層へ続く守護者領域までは道が整備されているわね」

「でも、新領域ってことは脇道《わきみち》の先なんですか？」

「そうじゃな。わらわも入り口を確認しただけで、奥までは進んでいない。妙な腕の調査もあったが、新領域に何の準備もなく手を出すのは危険じゃ。迷宮は常に成長しておる。新領域に強力な魔物が棲《す》んでいてもおかしくはない」

迷宮には未《いま》だ知られない神秘が溢《あふ》れている。

迷宮へ繋《つな》がる門《ゲート》にしてもそうだし、一層『逆さ滝《リバース・フォール》』を根城とする『空竜魚《ドラグ・キュプリス》』が現れる空の奥にしても同じこと。

それを踏まえると、迷宮が成長するくらいはそういうものかと受け入れられる。

「特にレーティア嬢は思いもよらぬ収穫があるかもしれぬぞ。数少ない神代魔術関連の文献の原文は迷宮から見つかっていることもある。もちろん強要する気はない。それらが発見されたらレーティア嬢にも精査や研究のために協力してもらうじゃろう」

「お気遣いありがとうございます。折角ですから参加させてもらってもいいですか？」

「大歓迎じゃよ。二人はどうする？」

「……俺も行く。こういうときのレーティアは落ち着きがなくて見ていられない」

「落ち着いてるけど……？」

「早く行きたいって視線がそわそわしてるぞ」

　何年付き合いがあると思っているんだ。

　それくらい顔を見れば手に取るようにわかる。

「なら、私も行こうかしら。一人だけお留守番なんてつまらないもの」

「決まりじゃな。日時は追って伝えよう。その日の授業は公欠扱いになるから安心するのじゃ。募集の告知を出しておるから人数も多少増えるじゃろう」

「そんなに引き連れて危険じゃないか？」

「わらわが全員無事に還すつもりじゃよ。それとも——不安か？　魔術師の頂点、第十階級ノイ・ヤスミンが同行するとしても？」

　ふふん、とない胸を張るノイの表情には、自信がありありと滲《にじ》んでいる。

「何があっても自己責任……そうだろ？」

「だとしても、じゃ。学園長が同行していながら死傷者を出すなどわらわの沽券《こけん》にかかわる」

ノイは学園長で超級魔術師《スペリオル》ということもあり、学園生徒からは相応に尊敬されている。

……一部からは餌付けされているという話も聞くが、尊敬の裏返しだろう。

真実を知らない方がいいことも世の中にはある。

「……なんじゃその目は。言いたいことがあるならはっきり言わんか」

「別に」

ノイの追及には知らないふりをして、しばらく雑談をして別れた。

◇

「──でも、ウィルが素直に決闘祭に出るとは思わなかったわ。ああだこうだと理屈をこねて話をうやむやにしそうだもの」

決闘祭の話を伝えられた日の夜。

俺たちはレーティアも誘い、寮で夕食を取っていた。ノイがいないのは「三人で積もる話もあるじゃろう」と気を使われた結果だ。

以前からレーティアとノイは俺の神代魔術のことを知っている。リリーシュカの救出に向かう際、神代魔術を使うところも目にしていた。

さらに、リリーシュカの神代魔術のこともノイは知っていたのだろう。だからこうしてレーティアに事情を話す機会を設けてくれたのかもしれない。

だが、話題の新鮮さで言えば決闘祭に軍配が上がる。

「……リリーシュカの俺に対する認識はよく理解した。真っ当な指摘だとも思う。ただ、それを仮にも婚約者の俺に堂々と伝えるのはどうなんだ？」

「あなたはこれくらいで機嫌を損ねたりしないでしょ」

「事実を突かれて憤るほど真っすぐな精神性はとうの昔に忘れ去ったからな。それを言うなら、俺はレーティアが参戦することの方が驚いた」

「去年は観戦で、それはそれで面白かったけど、今年は出てみてもいいかなあって思ってたから。二人も出るならなおさらだよ」

決闘祭は魔術師同士の戦いだが、あくまで学園行事の一つ。

本気で取り組むも、記念として参加するも生徒の判断に委《ゆだ》ねられている。結果を残せば今後にも関《かか》わってくるため、真面目《まじめ》に参加する生徒が割合的には多い。

「あと、いい機会だと思って。二人と魔術戦する機会なんてそうないし……この一年、他の子からも過保護に扱われていた気がするから。わたしも少しは出来るんだぞ――ってところを見せたかったのはあるかな」

「三大公爵家の令嬢様は悩みが多いようで」

「……そう言うウィルは王子よ？」

「目下の悩みは決闘祭でどこまでの結果を残すか、だな」

決闘祭に出場するまではいい。理由についてもそれなりに納得している。

要はこの前のダンスパーティーと同じだ。

やる気なし王子として舐《な》められ、馬鹿《ばか》にされる俺の力を見せて少しは周囲の見る目を変えてこいというのが本旨。

政略結婚のこともあるため、なるべく不安の芽を摘んでおきたいのだろう。決闘祭なんて学生同士の争いで見る目が変われば苦労はしないが。

……今後、政略結婚を理由にして、ことあるごとに成績改善を求められるのでは？ あり得る。

むしろ、そのための布石と思った方が腑《ふ》に落ちる。

「勝ちすぎてもダメ、負けすぎてもダメ。丁度いい塩梅《あんばい》を見極めないと変に注目される分、今より面倒になりかねない。決勝……いや、準決勝くらいまで進めればじゅうぶんか？」

相当な番狂わせが起きない限り、二回生の優勝者はリリーシュカになるだろう。

あの卓越した魔術に対抗できる生徒がいるとは思えない。

それは俺も、レーティアも同じ。

「どうせ出るなら決勝まで上がって来なさいよ。私も二人と当たるまで勝ち進むから」

「善処はするが期待するな。レーティアの目標はどれくらいだ？」

「初戦くらいは勝ちたい、かな。それとは別に二人とも戦いたいけど。過保護なのは二人もだからね？　特にウィルくん」

「過保護だった覚えはないが、気にかけているという意味ではそうだな。万一があると対処できるのは俺くらいだろ？」

「だとしても、だよ」

レーティアがソーサーに載ったカップを音もなく取り、傾けた後に、

「――わたしって、そんなに弱く見える？」

薄く、もの悲しげに微笑んだ。

普段のレーティアとはどこか違う、作られた笑顔。公爵令嬢レーティア・ルチルローゼとしての仮面だ。

しかし、すぐに表情を拭い、誤魔化《ごまか》したかのような笑みへ変える。

「……ごめんね？　なんだか驚かせたみたいになっちゃって。怒ってるとか、そういうのじゃなくて……少しは強くなったところを見せないと安心できないでしょ？」

魔術師としての強さと身体の丈夫さは別の話だと思うが、一理ある。

「そういうことだから楽しみにしててね。もしかしたら二人に勝っちゃうかも」

「ティアが相手でも手加減なんてしないわよ」

「望むところだよ、リーシュ。でも、ちょっと思ったんだけど……もしわたしがウィルくんの元婚約者だって知ってる人がリーシュと戦うのを見たら、ウィルくんを巡っての争奪戦だ――とか思わないかな」

……なるほど？

リリーシュカもそういえばと思い出したかのように苦笑する。

レーティアの懸念はもっともだと思う。

俺は王子で、リリーシュカは婚約者で、レーティアは元婚約者の三大公爵家。物好きが聞けば権力争い……よりも、ゴシップ的な扱いをされそうなマッチアップではある。

ではあるのだが、如何《いかん》せん前提条件に力がなさすぎた。

「……もっと人望のある王子ならそうなったかもしれないけど、俺だぞ？　あり得ないな。面白がって観るのはノイくらいだろ」

「かもしれないわね。そう考えると私もティアも幸運だったのかもしれないわ」

「争奪戦をするような相手が少ないから？」

「横から口を挟んでくる厄介な女性が少ないからよ。もちろんティアは例外。私とウィルが政略結婚だと納得して、自分の気持ちを抑えるだけの理性がある。でもね――もっと素直になっていいんじゃないか、とも思うのよ」

リリーシュカの言葉に今度はレーティアが驚く番だった。

頬を赤らめ、目を丸くして息を呑《の》む。

言わんとすることは俺にもわかった。リリーシュカ……婚約者だから言えて、レーティアからは言い出すのは憚《はばか》られる感情についてだと。

俺とリリーシュカは政略結婚、当人の意思なく決定された婚約だ。

王侯貴族の中では珍しくなく、むしろありふれた話。

しかし、他に想《おも》い人がいないという証左にはなり得ない。

政略結婚に愛はいらない——当初、俺がリリーシュカへ告げた通り、政略結婚に感情を持ち込む必要はない。婚約者とは別に愛人を作っていることも珍しくないとか。

合意の上で許容しているのかはさておき。

「……リリーシュカ、少しはレーティアの気持ちも考えてくれ」

「いいの、ウィルくん。リーシュもありがとう。わたしが遠慮しないように言ったんだよね。けれど、その気持ちにはもう区切りがついているの。わたしは幸せそうな二人を近くで見られたらそれでいいって」

「………………大人ね、ティアは。私はそこまで割り切れそうにないから素直に凄《すご》いと思うわ」

二人の差は愛に対する認識か。

リリーシュカは神代魔術の代償もあり、愛を信じられない人生を送ってきた。それもフェルズとの一件で変わっている。

俺が愛を共有できる……愛されていた記憶を忘れることを許容できる相手と知ったからかもしれない。

リリーシュカはどちらかと言えば愛されたいタイプ。

対してレーティアは自分が愛したいタイプのように思える。

魔晶症となり、俺との婚約も破棄されたことで、愛を享受する機会を失った。

されどレーティアが俺に抱く想いは変わらない。

俺がリリーシュカと政略結婚をした今も関係を変えようとしないのは、自分が傍《そば》にいられればそれでいいと本気で思っているからだろう。

どちらがいいかなんて比べられるものでもない。

俺が口を出すのも憚られる。

二人の間に引かれた曖昧な境界線に踏み込むほど命知らずではない。

そこにリリーシュカが遠慮なく踏み込めるのはレーティアを信頼しているから。レーティアが変わらない答えを返せるのは、リリーシュカには自分の分も愛されてほしいと思っているから……などと考えるのは趣味が悪いか？

「でも、お互い困ったものよね。誰《だれ》かさんは私たちの気持ちを知っていながら、呑気《のんき》に構えているんだもの」

「もうちょっと意識してくれてもいいよね、とは思うかな」

二人の視線が俺へ集約する。

なぜこの流れで俺が貶《おとし》められているのかわからないが、それで二人の仲が良く保たれるのなら甘んじて受け入れよう。

◇

「……まだ慣れないわね、この大浴場を好きに使えるなんて」

薄《うっ》すらと湯気が立ち込める大浴場。私は温かな湯船に浸かりながら息をつき、ゆっくりと瞼《まぶた》を閉じる。

他の利用者は誰もいない。今までも片手で数えるくらいしか遭ったことがない。

その誰もが私に興味がないらしく、不干渉を貫いている。

私にとっては非常に助かるわね。考え事をしている間、他人を気にしなくていいから。独り言が出てしまうと自覚しているもの。

それにしても――

「学園行事なんて私には縁のないものだと思っていたのに、まさか自分から参加することになるなんて」

私は人と関わることが苦手だ。

一回生の時も留学生で推薦入学者だったためか、何度か話を振られることがあった。けれど誰もが私の素っ気ない……ともすれば興味なさげな対応に呆《あき》れ、一人として仲を深めることはなかった。

そのことを気にしてはいない。当然のことだと理解している。

なのに二回生になった途端、政略結婚やらなんやらと話が進んで——気づけばこの通り、学園生活に馴染み始めようとしている。

原因は考えるまでもない。

「……ウィルは自業自得ね。同情なんてしないけれど。普段から怠けすぎなのよ。これを機に少しくらいまともになってくれたら周りの見る目も変わるんじゃないかしら」

やる気なし王子、ウィル。

学園でも成績は落第寸前で、やる気も常に感じられない。

だけど、それがウィルの全《すべ》てではないと私は知っている。

なにより私が隣にいると決めた彼が侮られているのは——

「——いたんだ、、、、、ウィルの婚約者」

浴室の扉が開く音。次いで抑揚の少ない平坦な声が響いて、思考が打ち切られる。

誰かと鉢合わせになるなんて珍しい。

視線だけを扉へ向けると、頭のてっぺんで長い空色の髪を一纏《ひとまと》めにした少女が一人。

学園長と同じくらいの小柄な体軀《たいく》。髪色よりも濃い青の瞳《ひとみ》に含まれる感情は希薄だ。

目を離せばどこかへ消えてしまいそうな儚《はかな》い雰囲気の少女が声の主《ぬし》らしい。

彼女は何度か顔を合わせたことがあるわね。

名前も知らなければ、話したこともないけれど。

私は内心驚きながらも、悟られないよう表情を繕って彼女と視線を交えた。

「……ウィルの婚約者って呼び方は気に食わないわね。リリーシュカよ。あなたは？」

「クウィン。敬称はいらないよ、邪魔だから」

一方的に彼女――クウィンは名前だけを告げて、先に身体を洗うらしい。

シャワーの水音がすぐに鳴り始める。

この大浴場を利用しているということは、彼女も王族なのだろう。

私は王族に対してあまりいい印象がない。第五王子……フェルズの一件が尾を引いている。

それでも露骨に避けて悪印象を持たれるよりは、それとなく話を合わせて切り抜けた方が良さそうね。

……こんなこと、昔の私なら考えもしなかったでしょうけど。

「折角だから話し相手になってよ」

「……雑談を出来るような話題は出せないわよ」

「じゃあ、何でもいいからクウィンに質問して。今なら何でも答えてあげるよ。名前……はさっき教えたけど、年齢、趣味、好きな人、将来の夢、得意な魔術、嫌いな食べ物——深く考えなくていいから。どうせ退屈凌《しの》ぎだし」

並べられた単語には規則性がない。本当に思いついたものを羅列しただけなのだろう。

何でも聞いていいって言われると逆に難しいわね。

私は彼女……クウィンのことを名前くらいしか知らない。

「……この寮にいるってことはあなたも王族なのよね？」

「クウィンはクリステラの第四王女。ウィルの姉ってことになるかな」

シャワーの音に紛れるクウィンの声を取りこぼさずに拾い、やっぱりかと納得する。

王族だと予想はしていたけれど姉だったのね。

……背格好だけで妹じゃないかと疑ってしまったわ。

「警戒したね。身構えなくていいよ。キミをどうこうするつもりはクウィンにはない。少なくとも今のところは、ね」

「……理由があれば手を出すようにも聞こえるけれど？」

「そう言ったつもりだよ」

素っ気ない返事。

クウィンにとっては当たり前のそれに、油断ならない相手だと認識する。

「私たち、何度か顔を合わせる機会はあったわよね。なのに今日に限って声をかけたのは、理由があってのことかしら」

「暇つぶしに話し相手になってくれないかな、っていうのが一つだよ。身体を洗っている間は考え事くらいしか出来ないでしょ？　それよりはキミと話してみるのも悪くないかなって」

「……一つ、ということはまだ理由があるのよね」

「単にクウィンの気分が乗ったから。本当はあんまり人と話したくないの。自分と違う考えを取り入れるのって疲れるし」

その気持ちはわからないでもない。

同時に、クウィンが相当な気分屋なのだと理解する。

私と話しているのは気まぐれ。……果たして、本当にそうなのだろうか。

フェルズの一件から王族貴は軒並み油断ならない相手だと身に染みている。

表に出した言葉が真実とは限らない。

「他にはないの？　本当に何でもいいよ」

「もうないと言ったら？」

「ちょっと悲しいかも。クウィンは寂《さび》しがり屋で、人に嫌われるのが嫌いだから。あと、ウィルの婚約者なら仲良くしたいと思って」

「……その割に私のことは名前で呼ばないのね」

「クウィンが興味を持ったのはウィルの婚約者であって、キミじゃない。ごめんね、悪気はないけどそういうことだから」

顔すら向けずに告げるクウィン。

彼女にとっての私はリリーシュカ・ニームヘインという一人の人間ではなく、ウィルの婚約者。目の前で、顔を突き合わせて宣言されては潔すぎて苛立《いらだ》ちすら湧《わ》いてこない。

「……私をどう思おうとあなたの勝手よ。で、あなたはウィルの敵なの？」

「クウィンが楽しければ敵でも味方でもなんでもいい。自分良ければ全てよし——人間なんてそんなものでしょ？」

まるで邪気を感じない返答に、少しだけ彼女のことを苦手だと思ってしまう。

やっぱり第四王女……人の上に立つべくして育てられた人間なのね。

第五王子フェルズはまだ人間味があった。

でも、クウィンはそれとは少し違う。造り物の人形のような印象が拭えない。

「ちなみに、クウィンも迷宮新領域の調査に同行するの」

「……あなたが？」

「新領域ってことは未知でしょ？　未知には楽しいことが溢れてる。それを間近で見られる機会を逃すなんてあり得ないから」

彼女にしては饒舌《じょうぜつ》に語る。

背を向けているから表情は見えないけれど、余程楽しみなのだと伝わってきた。

「……ねえ、質問いいかしら」

「いいよ」

「どうして私が迷宮調査に同行するのを知っているの？　話が出回るには早すぎるわ」

「どこにでも目と耳はあるってだけだよ」

「曖昧な答えね」

「クウィンのことなら話せるけれど、他のことは別だから」

……情報を仕入れてきたのがクウィンじゃないってことは教えてくれるのね。

彼女にも協力者がいる。それがわかっただけでもいいとしましょう。

「それにしても……お風呂《ふろ》って面倒だよね。髪が長いと手間もかかるし、背中も自分じゃあ上手《うま》く洗えているかわからない。はぁ……誰かお世話してくれる人がいてくれたらいいのに」

クウィンの独り言に内心、ウィルと似ているのかもしれないと思う。

「まあいいや。クウィンも温《ぬく》まらせてもらおうかな」

話している間に身体を洗い終えたクウィンがひたひたと足音を鳴らしながら近づいてきて、湯に足の先を伸ばした。

それと入れ替わるように私は立ち上がる。

「もう出るの？」

「人と一緒に入るのはあまり好きじゃないの」

「じゃあ仕方ないね。いい暇つぶしだったよ」

褒められている気はしなかったけれど「ありがとう」と言葉だけは返して、そそくさと大浴場を後にした。

◇

俺が大浴場から戻ると、既にリリーシュカも部屋に戻っていた。

しかも自室ではなくリビングで作業をしているらしい。ノートにペンを走らせているが、授業で出された課題をしているようには見えない。

穏やかな表情で、しきりに考える素振りを見せてから書き込んでいる。

「リリーシュカ、何やってるんだ?」

「最近、日記を書くようにしているのよ。というか戻っていたのね。全然気づかなかったわ」

「それだけ集中していたってことだろう。邪魔したか?」

「話しかけられたくらいでどうこうなるものでもないから」

言って、再びリリーシュカの視線はノートへ。

どうしようかと少し迷ったが、リリーシュカの隣に座る。

このくらいの距離感にも流石《さすが》に慣れた。変わったことと言えばリリーシュカの部屋着が同居生活を始めた頃よりも薄くなったことだろうか。

クリステラ王国はこれからひと月もすると、例年通りなら季節が夏に移り替わる。

前兆として最近は気温も上がっていた。夜になると落ち着くものの、それもいつまで保つだろう。そのうち暑さで寝付けない夜が連日訪れると考えると憂鬱《ゆううつ》になってしまう。

「なんでまた日記なんてつけようとしたんだ？」

「私の神代魔術の代償は記憶でしょう？　忘れても何があったのかわかるように書き残しているのよ」

何でもない風にリリーシュカが言う。

神代魔術が必要になれば、使う。

そう考えているように俺には聞こえた。

悪いと責めるつもりはない。

やめろ、もう使うなと強制する気もない。

リリーシュカが決めたことであれば尊重するつもりだ。

「止めないのね、使うなって」

「人に言えたことじゃないからな。俺も必要なら遠慮なく使うだろうし」

「……それは私のために？　それとも、別の誰かのために？」

「その時にならないとなんとも。可能性が高いのはリリーシュカとレーティアだろうな。前者はともかく、後者に関しては俺が知る限り魔晶症の治療に使える唯一の魔術だ」

魔晶症は恐らく体内の魔力異常によって引き起こされる病だ。

だから魔力そのものを操作する『魔力改変《イリミティブ・メノン》』が効果的に作用するのだろう。

「……だからティアは魔晶症に罹《かか》っていると言っていたわりに元気なのね。もしかしてウィルが神代魔術を手にしたのもティアのためなの？」

「魔晶症なんて罹ったらまず間違いなく死ぬ病だと思っていた。だから神なんてものに縋《すが》るしかなかったわけだ」

「………ウィルは望んで手にしたのね」

リリーシュカはどこか羨《うらや》ましそうに俺を横目で見ていた。

「私はずっと、どうして私にこんなものが――って思ってた。不幸を招く力なんていらなかった。でも、そんなの私たちに神代魔術を押し付けた神とやらには関係ない」

神代魔術は魔術という枠に当てはめただけの奇跡……もとい、呪《のろ》いだ。

本来、人間が扱えていい範疇《はんちゅう》の力を超えている。

だからこその代償なのだろうが、はた迷惑な力であることに変わりない。

「でも、ウィルと……私以外の神代魔術の適格者と出会えて、孤独じゃないってわかったから」

「……俺なんかで気が楽になるのならそれでもいいか」

「この期に及んで卑下してどうするのよ。私はあなたのいいところも、悪いところも見てきたつもりよ。その上で一緒にいることを選んだんだから――」

言葉を区切り、ソファーが軋《きし》む。

俺の頬にほんのり冷たい手が添えられる。

何かとリリーシュカの方を向くと、緩やかな笑みに迎えられた。

「一人前の花嫁にしてくれなきゃ許さないんだから」

「……なんで俺もこんな面倒な約束をしたんだか」

「今更やめるなんて言わせないわよ」

「わかってる。言い出したのは俺だ。最後まで付き合うさ」

まあ、最後がいつになるのかわからないのがこの話の厄介なところではあるけどな。

年単位でかかるのは確実だ。

……それを当然のように受け入れている俺も大概だな。

「……そういえば、話は変わるのだけれど。大浴場で第四王女のクウィンと会って、少しだけ話をしたの」

「…………あいつと話した？」

俺はリリーシュカの口からクウィンの名が出たことに少なからず驚く。

同じ寮で暮らしていればいずれ関わる機会があると思っていたが、まさかあっち側から接触してくるとは。

「ウィルから見たクウィンってどんな人なのかと思って。……彼女、人形みたいに表情がなくて、何を考えているのかよくわからなかったから」

クウィンか……最後に話したのはいつだったかすら覚えていない。

俺たち王族は血が繋《つな》がっていようとも、その在り方は他人に近い。

特に俺はやる気なし王子として王宮でも距離を置かれがちだったからな。

「クウィンは知っての通り、クリステラ王国の第四王女だ。俺の異母姉で、四回生だったはず。性格は基本温厚な享楽主義。自分が楽しいかどうかが絶対的な判断基準の、ある意味フェルズより王族らしい王族だな。その割に表情が乏しいから何を考えているのかわからない。俺が知ってるのはこんなところだ」

「概ね私が感じて、クウィンが話していた通りなのね。個人的には所々ウィルと似ていると思っていたけれど」

「……あいつも面倒事が嫌いなタイプだったたな。王城で暮らしていた頃は何をするにも付き人がいた。今はほとんど一人でいるらしいが」

王族や位の高い貴族なら派閥とまではいかずとも、都合のいい身内で固めた集団くらいは持っている。

なのに、クウィンは常に誰かを傍には置いていない。あそこまで孤立主義を徹底している王侯貴族は珍しい。

　俺たちも同類に思えるが、見方によって一つの派閥と捉《とら》えることも出来る。

　第七王子の俺を筆頭に、三大公爵家の娘であるレーティア、そして俺の婚約者であり大魔女の血を継ぐリリーシュカ。対外的な地位も力もじゅうぶんに備わっている。

「彼女、協力者がいる風な口ぶりだったけれど？　どこからか私が迷宮調査に同行することを聞いていたみたいだから」

「……裏の繋がりまで推察するのは無駄だな。不明点が多すぎる。それに、今、、、のところクウィンは敵じゃない」

　しかし、頭の片隅に留めておくべきではある。

　もしクウィンが俺たちに悟られず情報を得る手段を持っているなら、神代魔術のことを隠し通すのは困難だ。

　……下手をするともう知られていて、だからリリーシュカに接触してきたという線もある。

「クウィンがどう動くかだけが不明瞭だが、下手に手を出してはこないはずだ。あいつは良くも悪くも楽しいことにしか興味がないからな」

「……わかったわ。ちなみに彼女って強いの？」

「そこそこだ。成績上位でも首席ではない。実技よりは座学が上。とはいえ油断はしない方がいい。読めない相手は特に」

「やっぱりウィルに似ているわね」

……それはあまり嬉《うれ》しくない評価だな。

「私はクウィンとどう接するのが正解かしら。王族となるとトラブルとか、色々あるでしょう？」

「好きにしてくれ。雑談程度なら問題ないさ。交渉は控えた方がいいが、俺の婚約者だと知っていて引き込もうとはしないはず。良くも悪くも俺たちは面倒事の種だからな」

クウィンは適度な距離を保っていれば害はない相手だ。

気性も温厚だし、俺と同じく王位に対してさほど興味もないだろう。

リリーシュカの交友を無理に妨げる必要もない。

「大浴場を使うのを控えた方がいいのかしら。もし神代魔術の刻印のことを知っていたら疑われるかもしれないわ」

「それこそ可能性の薄い話だな。神代魔術関連のことは相当熱心に調べない限りは有力な情報を得られない。学園でも注力して取り扱ってはいないから問題ないと思うぞ」

「……そうね。私の考えすぎかも。過敏になっているのかもしれないわね」

「警戒するのはいいが、四六時中気を張っていると疲れるからな。部屋にいる間くらいは気を弛《ゆる》めておいた方がいい」

「……そうね、ありがとう。たくあなたに頼ることにするわ」

ふふ、と笑んで、肩に凭《もた》れかかってくる。

軽くかかるリリーシュカの体重と、じんわりとした体温。

こういう瞬間を普通は幸せと呼ぶのだろう。

「…………離れてくれ。重い」

「次言ったら氷漬けね」

第二章 ◇ 学園迷宮第二層

「迷宮の新領域なんて緊張するわね。ウィルは……まだ眠そうね」

「……叩《たた》き起こした張本人がそれを言うか」

「時間になっても起きなかったのはあなたよ。文句は受け付けないわ」

昇ったばかりの太陽が眩《まぶゆ》く照らす早朝。

俺《おれ》とリリーシュカは学園迷宮へ繋《つな》がる門《ゲート》の前に集まっていた。到着した頃にはレーティアもいて、他にも何十人もの生徒が出発時刻を前にして待機している。

集まっている生徒はほとんどが上級生で、三回生より下は俺たちしかいない。

二層とはいえ新領域の探索。募集をかけたノイの方で何かしらの足切りがあったのだろう。

ノイがどれだけ優れた魔術師であったとしても手を伸ばせる人数には限度がある。

その誰《だれ》もが俺とリリーシュカを見るなり怪訝《けげん》に眉《まゆ》をひそめていた。

彼らの反応は俺たちの評価を知っていれば当然だろう。表情に留め、口に出さなかったのは新領域の調査に集中したいからだろうか。

和を乱すような行いへ感情的に走らないのは好感が持てる。

なんにせよ俺もリリーシュカも、意図して彼らの邪魔をするつもりはない。

「……本当にわたしが来ても良かったのかな。戦闘も探索も得意とは言えないし、他の人も上級生ばかりで場違いな気がして」

「ノイがレーティアを誘ったのは研究方面の能力を買ってのことだろう。そうでなくとも魔術師としても優秀なんだから自信を持て。心配しなくても三大公爵家、ルチルローゼの名前を知っていれば非難する奴《やつ》はいないさ」

「私たちもいるんだから安心して……なんて言える立場じゃないかしら」

「……そう、だね。うん。わたしも出来ることを頑張るね」

そんな話をしていると視線の先で見知った人影が立ち止まった。

神経質そうな表情に縁の薄い眼鏡《めがね》をかけた長い黒髪の青年――フェルズと、一歩後ろを歩く二人の生徒だ。

まさかフェルズも参加するのだろうか。そんな思考を見抜いたかのように一度、フェルズが振り向いた。

交わる視線。

紫紺の瞳《ひとみ》の奥にある感情までは読み切れない。

数日前、俺は迷宮でフェルズと非公式の決闘をした。そこで勝利した俺は、フェルズに二度と関《かか》わらないことを誓わせた。

リリーシュカの誘拐並びに暗殺未遂を犯したフェルズは、然《しか》るべき場へ話を持ち込めば処罰が下っただろう。

しかし、俺はそうはしなかった。

フェルズを処罰すれば俺が王位継承戦へ前向きな姿勢だと他の継承権者に受け取られかねない。リリーシュカにも同意は貰《もら》っている。

だから二度と関与しない、という誓いでじゅうぶん。

フェルズほどのプライドの持ち主ならば易々と破りはしないだろう。

「……彼も参加するのね」

「フェルズは五回生の首席……迷宮探索においては有力だ。で、話通りならクウィンも来るんだろう？　他にもこれだけ参加者がいるなら俺たちは何もしなくてもよさそうだな」

「むしろ私やウィルが前に出たら邪魔になりそうね。二人での連係ならともかく、知らない人と合わせられる気がしないわ」

リリーシュカの意見には全面的に同意する。

だが、それはそれとして。

「リリーシュカに他人に合わせる思考が存在したことに、俺は今とてつもない感動を覚えている」

思い出すのは直近、迷宮で行われた演習中のこと。

『逆さ滝《リバース・フォール》』一帯を縄張りとするヌシ『空竜魚《ドラグ・キュプリス》』との遭遇戦に巻き込まれた際、互いに一言すら交わすことなく乗り切った。

それから考えるとリリーシュカの他者へ対する意識は着実に成長しているのだろう。

しかし、リリーシュカは不満そうなしかめっ面のまま、

「………すごくムカつくから顔を引っぱたいてもいいかしら。眠気覚ましになってちょうどいいと思うのよ」

俺の頬《ほお》へそっと手のひらを添えた。

「迷宮に入る前から怪我《けが》は勘弁してくれ」

「……じゃあ、これで手打ちにしてあげる」

細い指の先が頬をなぞる。小指、薬指と順に離れていき――つんと人差し指が逆に優しく押し込まれた。

痕も痛みも残らない、平和的な仕返しだな。

代償で寝込んでいた頃のことを思い出して、どうにもくすぐったい。

そんな俺たちをレーティアが微笑《ほほえ》ましげに眺めていた。

「二人とも、すっかり仲良しだね。そんなに惚気《のろけ》ちゃって」

「惚気てない」

「……そ、そうよ。ただの仕返しなんだから」

レーティアが俺たちの言葉を信じていないのが表情から伝わってくる。

その直後、

「──本当に変わっちゃったんだ、ウィル。ちょっと面白《おもしろ》いかも？」

背後から淡泊な声がした。

名指しされては逃れられない。嫌々ながら振り向くと、ちょうど鼻先に微細な魔力を感じ
──ぱちんっ、と透明な泡が弾《はじ》けた。

咄嗟《とっさ》に目を瞑《つむ》ってすぐに冷たい水滴を浴び、

「あは、ひっかかった」

平坦な声で笑われた。

相変わらず器用なことをするとか、引っかけたのはそっちだとか色々言いたいが、とりあえず顔の水を袖《そで》で拭って犯人──僅《わず》かにも笑っていないクウィンを見下ろした。

表情がクウィンの全《すべ》てではないとわかっていても、訝《いぶか》しむのは仕方ないこと。

「いきなり水をかけるな、クウィン」

「いい目覚ましになったでしょ？」

「余計な気遣いだな。……で、何の用だ？」

「しばらく話さないうちに妙なことになってるなあ、って思ったから声をかけてみただけ」

妙なこと、というのは政略結婚を指しているのだろう。

王女であるクウィンにも俺の性格などは知られている。

俺は面倒事を嫌い、何事からも逃げ続けてきた。なのに政略結婚をしたなんて聞けば、行動理由の大半を楽しいことが占めるクウィンが食いつくのも無理はない。

何か言いたげなリリーシュカとレーティアを視線で制し、クウィンに向き直る。

「俺たちは雑談するような仲でもないだろう？」

「喧嘩《けんか》をするような仲でもないよ。兄弟喧嘩は楽しいって聞くけどね」

「……何が言いたい？」

「別に？　クウィンは観客だもん。舞台で必死に踊る役者を眺めるだけだから」

……まさかこいつ、フェルズとの決闘のことを知っている？

だとしたら一体どこで知った？

あの場では視線も、不審な魔力の気配も感じなかった。

鎌をかけているだけかもしれない。

それならいいが……もし決闘のことを知っていた場合、俺とリリーシュカが神代魔術師であることも――

「――集合時刻ぴったりじゃな。おぬしら、よく集まってくれたのじゃ！」

頭上から高らかな宣言が響き、思考が打ち切られる。

集まっていた全生徒の視線が上へひきつけられた。

すると、風を纏《まと》う小柄な影……ノイが緩やかな速度で門の前に降り立った。

周囲の雑談が一瞬で止《や》む。

着地と共に拡散した風が髪を靡《なび》かせ、抜けていく。

「遅刻欠席はおらんようじゃな。ならば早速、迷宮に潜るとしよう。本日の目的は学園迷宮第二層で発見された新領域の調査じゃ。迷宮に絶対的な安全はない。じゃが――わらわがいる以上、諸君を無事に還すと約束しよう」

ノイは自信に溢《あふ》れた笑みを浮かべ、軽く胸を叩《たた》いてみせる。

クリステラ王立魔術学園は魔術師を育成する教育機関。

その学園長であり、魔術師の頂である超級魔術師《スペリオル》ノイ・ヤスミンの偉大さは、生徒であれば相対しただけで理解できる。

ある種、人間を超越した圧に、誰もが息を呑《の》む。

「緊張せずともよい。だが、油断をしてはならぬ。慢心も過信も身を滅ぼすことと思い知れ。さりとて自信は失うな。それこそが揺るがぬ指針となる。――では、行こうか」

身を翻《ひるがえ》し、ノイが門の向こうへ消えていく。

それを一人、また一人と生徒が追い、一番最後に俺たちが門を潜った。


学園迷宮第一層は森。

この人数で踏破するには道が狭く、視界も悪い。だが、そんな問題をものともしない速度で、二層へ繋がる連絡廊へ辿《たど》り着いた。

森からは隔絶された黒鉄の空間。壁では常に灯《とも》されている青い焔《ほのお》が揺らめいていて、最奥にある二層へ降りる階段の影を浮かび上がらせる。

「階層守護者はいないらしい。定期的に復活するが、上の層だといないことが多い。休憩は……いらなそうじゃな」

ノイがぐるりと参加者を流し見て口にする。

一層を踏破するくらいで疲労を見せる参加者は一人たりともいなかった。

ちなみに俺たち三人は集団の後方を歩いていた。遭遇した魔物は前にいた生徒――フェルズを主力とする上級生が倒していて、俺たちの役目は完全に後方の警戒だけ。

索敵をするにしてもノイの魔力に対する感覚が鋭すぎるため、奇襲を受けるようなことはまずありえない。

完全に気分が散歩のそれだった。

「レーティアも大丈夫か？」

「これくらいなら全然。ただ歩いていただけだから」

「本当にそうね。私の出番もなさそう」

「上層の攻略を考えたら過剰戦力もいいところだからな。俺としてはフェルズが前線を張っていることに驚いたが」

この一層を進むのに一番動いたのは間違いなくフェルズだ。魔物も得意の雷魔術で出会う傍から倒し、正しく鎧袖一触《がいしゅういっしょく》の働きぶり。おかげで楽を出来ているから文句を言う気はない。

俺たちとのあれこれで考え方が変わった……などとは本気で思ってはいないが、何かしらの変化があったのだと見て取れる。

そのまま歩を進めて二層へ続く螺旋《らせん》階段を下り——肌にまとわりつくような冷たい空気を肌で感じた。

視界が開ける。

壁の上部に等間隔で設置されたランプが照らすのは、石レンガで出来た終わりの見えない道。

道幅は人が三、四人もいれば塞《ふさ》げるほど狭い。

森とは打って変わって閉鎖的な空間が学園迷宮第二層であり、利用者の間では『地下墓地』などと呼ばれている。

「——さて、二層に到着じゃ。わらわは個人的に二層が嫌いでな。暗いし狭いし道は入り組んでいて迷うし、何より空気が悪い。わらわがエルフじゃからかもしれんが、あまり長居したい場所ではないのじゃ」

俺もあまり二層は好きな方じゃない。

出てくる魔物は気味が悪いし、道が入り組んでいて迷うし、道が狭くて戦いにくい。

「てことで手っ取り早く行くのじゃ。新領域は二層半ばの脇道《わきみち》の先。壁の崩落が目印になっておる。くれぐれもはぐれるでないぞ。二層は遭難者が一番多い階層じゃからな」

二層の探索だけなら一回生でも数人でパーティーを組んでいれば行える。出現する魔物も数人がかりなら対応できる程度だが、一番の敵は地形だ。

戦っている間に方向感覚を失い道に迷った話は入学してから何度も耳にしている。

帰ってくる生徒がいたとき邪魔にならないよう二列縦隊となり、二層の探索が始まった。とはいえ探索段階では特筆すべきことも起こらず、流れるように新領域の入り口まで辿り着く。

すると確かに壁の一部が崩れていて、その先へ道が続いていた。

「迷宮は知っての通りの異空間じゃが、意思を持っていると考えられておる。その意思が反映されたのが迷宮現象……一層にある『逆さ滝』のように不可思議な地形や、今回のような領域拡張じゃ」

ノイが手の甲で崩れた壁を軽く叩いた。

領域拡張の話自体はそれなりに聞く。

探索不足で新領域が発見されるのとは異なり、今回は完全に探索済みの場所から領域が拡張された。そして、拡張された領域はその階層の適正よりも難易度が高いとされている。

「ここから先は何が起こるかわからぬ。端的に言って危険じゃ。しかし、おぬしらにとっては貴重な経験となるじゃろう」

悠々と、ノイが初めの一歩を踏み込む。

暗がりで揺れる金色の二房。

それを道標《みちしるべ》として、新領域の探索が始まった。


新領域とはいえ、ここが二層であることは変わらない。

暗く冷たい空気が漂う道を手持ちのランタンで照らしながら、少しずつ前へ進んでいく。それと並行して地図も数名の生徒が個別で作成していた。

一人だけで地図を作らないのは迷ったときに地図がない状況を避けるのと、複数を照らし合わせて正しい地図を作成するためだ。

今も俺とレーティアが自分の歩幅を数えながら、持ち込んだ紙へ道を記している。

とはいえ、新領域に入ってからずっと直進だ。既に地図に記されている他の地形から考えるに、さほど広くはないだろう。

「……二人とも、そんなことまで出来たのね」

「機会は少ないが技能としては身に付けている」

「わたしも出来るだけかな。あまり戦えないからこういうところで役に立たないと」

「それを言ったら今のところ私は何もしていないわよ」

「どうせすぐに出番が来ると思うが——」

などと話していると、強い魔物の気配を感じ取った。

ヌシに勝るとも劣らない、強者の予感。

「——止まるのじゃ」

ノイが神妙に告げるも、その前に集団の足は止まっていた。

振り返り、視線と共に言葉を投げる。

「気づいておるじゃろうが、この先に強い気配を感じる。階層守護者よりも強い気配じゃ。先に進むのであれば間違いなく障害となる」

俺はこの先の何かがヌシ相当のように感じられた。であれば対抗するのに上級魔術は必要となるだろう。

そして、この場に戦えるだけの戦力は揃《そろ》っていた。

「念のため、諸君に問う。先へ進む覚悟はあるか？」

挑発的な笑み。

退く気はない、自分一人でも倒してみせるという意気がノイにはあって。

「——当然だ。ここまで来て帰る気は毛頭ない」

前へと進む靴音が鳴る。

初めに意思を表明したのは長髪の青年……フェルズだった。

「クウィンも行くよ。こんなに面白そうなのに帰るなんてあり得ないから」

続いて軽《かろ》やかな足音と楽しげな声。クウィンも自身の欲へ忠実に従い行動を起こす。

それから次々と声が上がり、意思が統一されていく。

「ウィル、あなたはどうするの？」

「なんで俺に聞くんだ」

「やっぱり面倒だな、とか言って帰りそうなんだもん」

……正直、考えなかったとは口が裂けても言えない。

ヌシ相当の何かと戦うなんて俺には荷が重すぎる。

俺はやる気なし王子で、魔術師としても下から数えた方が早く、今回の新領域調査に懸《か》ける思いもない。

それでも二人に退く気がないのは明白で。

俺も同じだと信じている眼差《まなざ》しを送られては、一人だけ背を向ける気にはなれない。

人間関係の修復ほど面倒なことはないのだ。

「……俺だけ帰るとか流石に情けなさすぎるからな。それくらいはやってやるよ。今よりも学園での居心地を悪くする気はないんでね」

これだけ人数がいるなら俺が矢面に立つ必要はない。邪魔をせず、陰に隠れて動けばいい。

結局帰る生徒は一人もおらず、全員揃って先へ進むことになった。

警戒を強めながら慎重に一本道を進むと、ドーム状の広々とした空間に出る。

円形の外周で青い焔が灯り、床に巨大な影が揺らめく。

骸骨の馬に跨《また》がった、闇《やみ》色の甲冑《かっちゅう》を纏う首のない騎士――『首無し騎士《デュラハン》』。

携えた槍《やり》の石突を打ち鳴らし、骸骨の馬がカタカタと骨の顎《あぎと》で嘶《いなな》いた。

「散開っ！　攻撃に備えるのじゃ！」

ノイの一声で集団が我を取り戻す。

的を絞らせないために散り、逆に『首無し騎士』を囲い込む。

即席のパーティーにしては迅速な動きだ。しかし学園生徒という都合上、前衛が少ない。その分、剣も使えるフェルズが前に立つらしい。

騎士が馬の手綱を引き、薄闇《うすやみ》を引き裂くかのように駆ける。

正面にいた俺はすぐさま回避行動を取るが――足が竦《すく》んだのか立ち尽くしたまま動かないレーティアが視界に入った。

あの巨体の体当たりを喰《く》らえばひとたまりもない。騎士の槍による追撃もあるだろう。

戻ってレーティアを抱え、再び距離を取るのも間に合うとは思えない。

だが、見捨てる選択肢は俺の頭にはなかった。

すぐさま身体を反転。固まったレーティアを抱き寄せ、

「隔て遮《さえぎ》れ『障壁《シェルド》』ッ！」

無駄な抵抗と知りながらも『障壁』で衝撃の軽減を試みる。

驚きに満ちたレーティアの表情。

申し訳なさそうな雰囲気を滲《にじ》ませてはいたが、言葉は出てこない。

数秒後、突進してきた『首無し騎士』が『障壁』と衝突した。

それだけで俺の『障壁』にはヒビが入る。もって数秒の時間稼ぎ。

されど、それだけの時間があればじゅうぶん。

「『氷縛《フリンド》』」

涼やかな宣告。

瞬時に『首無し騎士』の足元を冷気が満たし、分厚い氷が骨の四足を封じる。

「長くはもたないわ、早く！」

「わかってるっ！」

言葉を介さずとも合わせてくれたリリーシュカに感謝しつつ、レーティアを抱えたままその場を離脱。直後、氷の束縛から解き放たれた『首無し騎士』が空間の外周まで駆け抜け、速度を緩めながら反転した。

「……ウィルくん、ありがとう。動けなくなっちゃって」

「反省会は後だ。一人で動けそうか？」

「………………もう大丈夫。わたしも戦える。一人じゃダメでも、みんなとなら」

レーティアが小さく頷《うなず》いたのを確認して降ろすと、胸元《むなもと》に手を当てて深呼吸で息を整えていた。

ヌシ相当の魔物との遭遇で驚いていただけで、戦意が折れたわけではなさそうだ。

「特殊個体の『首無し騎士』じゃろう。体格も、保有する魔力も普通のそれを大きく上回っておる。くれぐれも油断はするな」

「――学園長。あなたの手を借りずとも倒せると思いますか？」

おもむろに質問したのはフェルズだった。

ノイ抜きでアレを倒す？

意図はわからないでもないが、俺には理解しかねる。

この集団での最高戦力は間違いなくノイだ。ノイならは大して労することなくこの『首無し騎士』を討ち取れるだろう。

そのノイを除いたメンバーで倒すのは、ひとえに経験を意識してのもの。ここまで強い魔物と戦う機会も、ノイという最上の保険が傍にいることも本来はない。

フェルズはそのメリットを生かしたいのだろう。

己《おのれ》の成長のためか、力の誇示なのかはわからないが。

「苦戦はするじゃろうが、可能だとわらわは思う。フェルズが正面で気を引き、他の者でその補助をし、威力に優れるリリーシュカ嬢の魔術で倒しきる。挑戦してみてもよいぞ。非常時はわらわが手を貸そう」

「……諸君の意見を聞かせてもらいたい。特に戦術の核を担うリリーシュカには」

名指しされたリリーシュカは僅かに眉根《まゆね》を寄せる。

警戒と、疑念を滲ませながらも考え込む。

この集団の中でもリリーシュカは特に秀でた力量だ。『首無し騎士』との戦闘はリリーシュカ抜きで乗り越えられないとフェルズも判断したのだろう。

「クウィンも賛成。その方が楽しそうだし」

悩むリリーシュカを尻目《しりめ》に上がったクウィンの意見を皮切りに、他の生徒からも肯定的な声が上がる。

ノイが手を貸すと明言しているのが効いたのだろう。

多数派は間違いなくフェルズ。元からの評判も相まって、反対する生徒はいなかった。

ここで俺が異を唱えては集団の和を乱しかねない。

上手《うま》いこと乗せられたものだ。

「……どうせ倒すのに変わりはないか」

「ウィルくんも珍しくやる気なの？」

「諦《あきら》めてるだけだ。ヌシに喧嘩《けんか》を売るような奴に最後の権限があるんだからな」

鼻で笑ってリリーシュカの方を向けば、心外だと言いたげな視線が返ってきた。

そしてリリーシュカがフェルズへ向き直り、

「――私もそれでいいわ。でも、あなたは私を信じられるの？」

俺とリリーシュカは一度、フェルズと敵対し、決闘で下している。フェルズからすればプライドをへし折られた出来事だっただろう。

そんな相手を信じられるのかと言外に問う。

俺なら絶対に嫌だし二度と関わりたくない。

自分を負かした相手の顔なんて誰もが見たくないと考える。

王族らしくプライドの高いフェルズもそうだと思っていたのだが。

「――俺は出来るか出来ないかを聞いている。巻き添えくらいで文句は言わん。自信がないならそう言え。お前がやらないなら、俺自ら引導を渡してやるまでだ」

鋭く、速い魔力の励起《れいき》。

フェルズの得物、細剣が紫電を帯び、悠然と『首無し騎士』へ切っ先を向ける。

一人でも『首無し騎士』を倒す……そんな気概を滲ませた後ろ姿。

道標足りえる輝きを宿したそれに他の生徒も続く。

こんなものを見せられて、負けず嫌いのリリーシュカが黙っているはずがない。

「――わかったわ。その役目、私に任せなさい」

好戦的な笑み。

吹っ切れた魔女のそれを、フェルズは背中で受け止めた。

言った通りになっただろう？　とレーティアに視線だけで告げれば、そうだねと苦笑が返ってくる。

　こんな協力戦線が築かれるとは思ってもいなかった。

　決闘での誓いに触れる気もするが……今回はノイの発案ということで大目に見よう。

　しかし、こうなると困るのは俺の方。

　果たして第三階級《ドライ》如《ごと》きに出来ることがあるだろうか。

「感謝する、リリーシュカ。それと――ウィル、お前も力を貸せ」

「……なぜ俺を名指しなんだ」

「俺と並び立てる前衛がお前くらいだからだ」

　それは買いかぶりすぎだろう。

　俺がフェルズとの決闘に勝ったのは神代魔術《プリミティブ》を使えたから。

　普段の俺はちょっと剣が使える低級魔術師。

　第七階級《ズィレン》で五回生首席のお前と一緒にされるのは困る。

「そうじゃな……ウィル、ここらで一つお前の実力を見せるとよい」

　面白がってノイまで口を挟んでくる始末だ。

「ノイまで何言ってんだ。俺は落第寸前の二回生だぞ？」

「じゃが、学園ではおぬしが推薦入学者であることに疑問の声を発している者も多い。いつまでもコネやら裏口入学やらを疑われたまま過ごすのは面倒じゃろう？　なに、おぬしが実力を見せれば済む話じゃ。リリーシュカ嬢に良いところを見せるチャンスでもあるんじゃぞ？」

前半分ならまだしも、最後の一言は本当に余計だ。

だが……どうせ決闘祭に出るなら遅かれ早かれか。仕方ないと割り切ることはできる。

「わたしのことは心配しないで大丈夫だから。行ってきて、ウィルくん」

「ウィル、あなたなら出来るわ。二人でヌシと戦うよりは簡単でしょう？」

二人に背中を押されては、流石の俺でも断れない。

「……来るんじゃなかったな、こんなとこ。なんで俺が旗印みたいな役目をしなきゃならないんだか」

「怠惰に過ごし続けた負債を返す機会としてはちょうどいいじゃろ？」

「こんなのを相手にしただけで返せるとは思えないけどな」

込み上げた玉虫色の感情をため息として吐き出しながら、前へ。

剣を抜き、『刃纏《レイリア》』で魔力の刃を拡張。

フェルズの横に並び、顔も合わせずに問う。

「──どういう風の吹き回しだ」

「俺のためにお前という引き立て役が必要だっただけだ。並び立てばどちらが優れているか一目瞭然だろう？」

「競争は勝手にやってくれ。……で、作戦は」

「正面から叩き潰《つぶ》す。王の道を塞ぐ不敬な輩《やから》など、生かしておく価値はない」

フェルズが細剣を構え、『首無し騎士』との距離を詰めていく。

俺は右側へ展開して『首無し騎士』の意識を逸《そ》らすことに注力する。俺の魔術で『首無し騎士』をどうにかできるとは到底思えない。

剣も同じだ。

そもそも『首無し騎士』は霊体に片足を突っ込んでいる魔物。物理攻撃の通りが悪く、魔術でなければまともに効かない。

だが、『首無し騎士』が何をしようとしているのかはなんとなくわかる。

俺は多くの魔術師よりも魔力の流れに敏感だ。『魔力改変《イリミティブ・メノン》』で世界に満ちる魔力を余すことなく認識できるからだろう。

その恩恵は神代魔術を使っていない間も残っている。

「前兆を見逃すな。ミスったら死ぬぞ――」

意識を集中の海へ落としていく。視線と感覚を『首無し騎士』だけに注《そそ》げ。

骸骨の馬が高らかに嘶き、突進の姿勢へ。

狙《ねら》いはフェルズではなく俺。

俺の方が仕留めやすいと思ったのか？

高位の魔物には知能がある。こいつも恐らくそうなのだろう。

だとすれば、俺は弱いと舐《な》められているわけで。

「……事実でも露骨すぎないか？」

目の前でピタリと止まった『首無し騎士』へ悪態をつく。

引き絞られた槍。

その穂先に迸《ほとばし》る魔力は何もかもを呑み込《こ》む深い闇色。

ガチャリ。甲冑が鳴り、放たれた突きは右へ回避。

轟音《ごうおん》と共に大きく抉《えぐ》れる床。

遅れて直線状に闇が奔《はし》り、後衛へ襲い掛かるも、

「「「『障壁』!!」」」

数人がかりの『障壁』が受け止めた。

誰もいない方向へ誘導できればよかったが、そこまでの余裕は生憎《あいにく》とない。今の光景を見るに、そんな気遣いは無用なほど練度が高そうだ。

槍を引き戻す間に距離を詰める。その間、視線を左へ流すと、フェルズも遅れることなく既に『首狩り騎士』の左側面に張り付いていた。

「『雷撃《エレクト》』ッ!!」

細剣の激しい突きと同じ数だけ放たれる紫電が『首狩り騎士』を襲う。

『雷撃』は第一階級《アイン》の簡単な魔術ではあるが、それをあの精度と速度で剣戟《けんげき》に合わせて撃ちだせる魔術師が果たしてどれだけいるだろう。

フェルズが魔術師として優れていることは疑うまでもない。

俺が勝てたのは神代魔術の優位があったから。それも切り札を使っての勝利だから引け目を感じてはいないが、俺がどうやっても歩めない王道に多少なりとも眩《まぶ》しさを感じてしまう。

僅かに仰け反る『首無し騎士』。甲冑を軋《きし》ませながら振り向き、フェルズを捉《とら》えた。

槍がおもむろに掲げられる。

穂先に凝縮された闇が渦巻き、破滅を予感させた。

上級魔術相当の魔力を内包したそれに悪寒が背を這《は》い上がる。

「総員警戒――」

真っ先に警戒を促したのはフェルズ。

それと同時に、背後で膨れ上がった魔術の気配が一つ。

いつも身近に感じる、真冬の冷気にも似た魔力。

「『氷縛』」

『首無し騎士』の周囲を漂う空気が凍てつき、瞬きの間に氷で封じられる。

「長くはもたないわっ！」

間髪容れずにリリーシュカからの援護が入る。狙いは時間稼ぎ。あのままでは『障壁』の展開は出来ても、じゅうぶんな強度には至らなかった。

ぴしり、『首無し騎士』を覆《おお》う氷に亀裂が入る。

一筋の綻びはすぐに全体へと広がり、遂に粉々に砕けた。

解放された『首無し騎士』は掲げた槍を横一閃《いっせん》に薙《な》ぎ払う。

衝撃波と闇色の波が後衛へ殺到するも、

「「「『障壁』ッ!!」」」

何人もの生徒が同時に展開した障壁が正面から受けきる。

数枚は突破されたが、なんとか耐えきり後衛から歓声が上がった。

下級魔術一つ取っても練度のほどが窺《うかが》い知れる。それもチーム単位での動きだ。

次いで各々の攻撃魔術が『首狩り騎士』を襲った。

せり上がった土の壁が逃げ道を塞ぎ、その中を焔が満たした。即席の炉と化したそれに風が吹き込み、焔の勢いが加速する。

焦《こ》げ付《つ》いた空気。不快な臭いがないのは『首狩り騎士』に生身の肉体がないからか。

あの甲冑の中身は空。

魔物として成立しているのは、ひとえに迷宮の神秘としか言えない。

「……でも、こんなものじゃ足りないよな」

零《こぼ》した呟《つぶや》きへ応じるように、炉の中から変わらぬ馬の嘶きが響いた。

ずん、と床を伝わる衝撃。

土壁の地盤が揺らぎ、すぐに崩壊して閉じ込められていた焔が溢れた。

揺らめく焔と影。

『首無し騎士』は甲冑を煤《すす》けさせながらも、変わらぬ姿でそこにいて。

「――まだ出ちゃダメだよ。『水牢球《プリスタ》』」

淡泊な声が『首無し騎士』を咎《とが》める。

振り向けば、小型の杖《つえ》の先を『首無し騎士』へ差し向けるクウィンの姿があった。

杖は魔術師にとっての補助具。魔術の発動を助け、指向性を持たせやすくなる。

だが、学園では杖を使うような生徒は未熟とみなされ、『杖突き』と揶揄《やゆ》される。それをクウィンが知らないはずがない。なのに杖を使っているのはなぜだ？

特別魔術が苦手という話も聞いたことがない。

俺の思考を置き去りに、クウィンの魔術が成った。

じわりと何もない場所から湧《わ》き出《で》る水の塊。

宙を漂う水が『首無し騎士』を囲み、余すことなく包み込む。

「キミの出番だよ。お膳立てしてあげたんだから、ちゃんと魅せてよね」

その言葉を届けたかった相手――リリーシュカはしっかりと理解していた。

始まりは途方もない寒さ。

呼吸で喉《のど》がひりつくほどの冷気に身が震える。

水球に囚《とら》われた『首無し騎士』なんて、リリーシュカからすれば氷像へと変える格好の獲物でしかない。

「『氷華月輪《ラヴァフロース》』」

水球が氷塊へ変貌を遂げるのに片手ほどの時間も必要なかった。

立ち上る冷気を示すように天井《てんじょう》にまで氷の柱が伸びている。

一層で『空竜魚』を相手にした時と同じ上級魔術。

それが『首狩り騎士』を捉えた。

「今よっ！」

リリーシュカの声が届いた頃には、俺とフェルズは駆けていた。

『首狩り騎士』を挟む形だ。

リリーシュカの魔術で動きを封じられている今が仕留める好機。

「天に轟《とどろ》け雷霆《らいてい》の嘆き――」

「纏いし刃は万物を断つ――」

各々の詠唱。

精神を研ぎ澄まし、頭の中でイメージを固める。

『首狩り騎士』を一振りで斬り捨てる己の姿を。

「『墜雷天覇《グロムヴェル》』ッ!!」

「『刃纏』」

雷鳴一閃。

極太の紫電が『首無し騎士』を穿《うが》ち、残光を散らして弾《はじ》ける。

俺が攻撃を通せるとすればフェルズの魔術で弱った部位しかない。

上等だ、やってやるよ。

魔力の刃を携えて、呼吸を整える。

精一杯の踏み込み。靴の裏で床を踏みしめる感覚が鮮明に伝わる。

体重移動でさらに切っ先を加速させ――半透明な魔力の刃が甲冑と激しく衝突した。

硬質な音が響き、伝播した確かな感触。

「『衝撃《クラスト》』」

そこへさらに『衝撃』の魔術を叩き込む。

『刃纏』だけでは威力がまるで足りない。

衝撃を叩きつけ、魔力の刃も砕ける。

「やったか……!?」

誰かの歓喜が滲んだ声。

しかし、それが間違いだと刃を交えた俺が真っ先に理解していた。

「まだだッ!!」

割れたのは俺の『刃纏』。

しかし甲冑も無事ではなく、僅かに割れて内側の空洞が覗《のぞ》いていた。

亀裂から闇色の触手が飛び出してくる。

それが俺を絡《から》め取ろうと、目の前で網のように広がった。

躱《かわ》せない……ッ!!

何ができる？　ひとまず『障壁』だけでも展開して体勢を――

「――手のかかる愚弟だ」

触手が俺へ届く寸前。紫電が降《ふ》り注ぎ、触手が残らず撃ち落とされる。

フェルズがやったのだろう。

『首無し騎士』が邪魔でほとんど見えていないはずなのに、誤射は一発たりともない。とんでもない精度と判断力だ。

後で貸しにでもされるんだろうか。面倒だが……今は道が開けたことの方が重要だ。

「はぁあああッ」

剣を亀裂に突き立てる。両手でそれを押し込みながら『刃纏』を行使。

切っ先から杭のように伸びた半透明の刃が、甲冑を貫いた。

骸骨の馬が嘶く。

騎士が頽《くずお》れ、傷口から淡い輝きを放つ粒子へ姿を変えていく。

甲冑から剣を抜き、二歩ほど離れて『首無し騎士』の最期を見送る。

沈黙が、その場を満たして。

「「「――うおおおおおおおおおおぉぉおぉぉおおぉぉお!!!!」」」

勝鬨《かちどき》が堰《せき》を切ったかのように上がるのだった。

「――ウィル、やればできるじゃない」

「お疲れ様、ウィルくん」

『首無し騎士』を討伐後のこと。

勝利の余韻に浸る彼らから離れ、床に腰を落ち着けていると、リリーシュカとレーティアが労《ねぎら》いの言葉をかけてきた。

「……正直もう帰りたいくらいには疲れた。なんで俺がフェルズと並んで前衛やらされてるんだよ。他にもっといい人材がいただろ」

「けれど、ウィルはやりきったわ。あんな姿を見せられてあなたを貶《おとし》めるのは、自分から人を見る目がないと吹聴《ふいちょう》しているようなものよ」

「そうか？　一度身体を張っただけでそんなことにはならないだろ。精々『噂《うわさ》に聞いていたよりはまともだった』と思う奴が数人いればいい方――」

「そうやって自分を卑下するのは悪い癖《くせ》だよ、ウィルくん。そういうことはちゃんと周りを見てから言わないと。……少なくともこの場でウィルくんに感謝していない人はいないと思うよ？」

諭すようなレーティアの言葉で、気づく。

どうにもむず痒《がゆ》く感じる視線があちこちから向けられていることに。

いつもの腫れ物を扱うかのようなそれとは大きく違い、不快感はまるでない。それどころか感謝や称賛の声までも聞こえてくる。

それがむしろ、俺にとっては違和感だ。

「……言いたいことがあるなら直接言いに来ればいいものを」

「気遣ってるんだと思うよ？　あんな強力な魔物と正面切って戦ったんだもん。少しでも休んでもらいたいんじゃないかな」

「いかにも放っておいてくれ、みたいな顔しているわよ」

放っておいてほしいのは否定すまい。

いきなり好意的に話しかけられても何か裏があるのかと勘繰ってしまう。警戒もあるが、人間関係の構築に対する怠惰の方が比重は大きい。

無駄に交友を広げても意味がないと思っているし、その後の維持も面倒だ。

「――本当にびっくりしちゃった。ウィルも成長しているんだね」

いきなり視界が遮られる。

目元に当てられた冷たいなにかと、投げかけられた淡泊な声。

彼女の接近をまるで察知できず、素直に驚いてしまう。

「……クウィン、またか」

「もうばれちゃった」

全く残念そうじゃない声で言うな。

目元を塞いでいたクウィンの手が離れ、視界が晴れる。

嫌々ながら振り向くと、どことなく機嫌が良さそうなクウィンが佇《たたず》んでいた。

「用ってほどじゃないよ。姉として、頑張った弟を褒めに来ただけ」

「……姉と意識したことはただの一度もないが」

「王族同士、いずれ王位継承で争うことになるとしても、クウィンたちが兄弟姉妹なのは変わらないの。だったら喧嘩するより仲がいい方が有意義だと思わない？」

クウィンのそれは正論も正論。しかし、俺が信頼する根拠にはなり得ない。

口で友好的に――と表明するのは簡単だ。内側に秘めた思想は関係ない。その程度の嘘《うそ》は王侯貴族なら顔色一つとして変えずにつける。

ましてやクウィン……第四王女で、いずれ王位を争う可能性がある相手ともなれば、簡単に信用できるはずがない。

これまでに信用の積み重ねがあれば話は別だっただろう。

だが、俺はクウィンと大してかかわった記憶がない。

敵対ではなく中立。

それが現状、俺からクウィンへ取れる姿勢だ。

「……前も聞いたと思うけれど、あなたはウィルに敵対するつもり？」

「前も言ったと思うけど、今のところは誰とも争う気はないよ。クウィンは役者じゃなくて観客なの。王位にも興味ないし。そういう意味ではウィルと一番立場が近いんじゃないかな」

「他の奴らにそんな言い分が効くとは思えないな。僅かでも王位継承の障害になると認識されれば俺もお前も潰されるぞ」

フェルズに狙われたのもそんな理由からだった。

リリーシュカとの政略結婚で俺が魔女の国へクスブルフからの利益《りえき》を総取りにすれば、王位継承戦に参戦するのではと疑われた。

元々フェルズは幼い頃の俺に対して劣等感を抱いていたこともあり、遂に排除へと踏み切った。俺が王位継承に興味がなく、距離を置こうとしていても……だ。

だからこその問いかけだったが、クウィンは「んー」と考え込む素振りを見せて、

「――もしクウィンの敵になるのなら、消しちゃうかも」

変わらぬ表情のまま、冷たい声で告げられた。

「ひっそりと、誰の目にも留まらずに終わらせたいなあ。死は生命の最後の見せ場だけど、敵になるなら華々しい終わりなんて許さない。舞台のマナーを守っていれば役者も観客も幸せなまま終われるのにさ」

肩を竦めるクウィンを見て、リリーシュカとレーティアは表情を硬くした。

クウィンの中には明確な線引きが存在するのだろう。

空気を変えるかのように、ポンと軽く手を叩く。

「ま、敵にならなきゃ関係ないことだよ。クウィンはこれでも平和主義者……もとい傍観主義者だから、ウィルとはいい感じに仲良くできると思うけど？」

……まるでクウィンの思考が読めない。

突っぱねるのは簡単だ。腹の底がわからない相手を二人に近づけるのはリスクがある。

フェルズの時の二の舞は勘弁願う。

とはいえ、それで敵認定されるのも面倒だ。

「……なんで今になって俺に構おうとするんだか」

「政略結婚なんて面白いことになった弟の観察をするため？」

「趣味が悪いな」

「善も悪も楽しさの前では無力だよ」

少しばかり剣呑《けんのん》な雰囲気が間に満ちたのを認識して――

「――よし、おぬしら！　そろそろ先へ出発するのじゃ！」

ノイから探索再開の声がかかる。

「あらら、この辺で終わりかな。また今度、ゆっくりお茶でも飲みながらお話しようね」

ばいばい、と手を振って離れていくクウィンを無言で見送り、三人で顔を合わせた。

「……結局何がしたかったのかしら」

「本当にウィルくんを褒めに来ただけ、とか？」

「俺を褒めてクウィンにメリットがあるわけでもあるまいし」

「あなたとクウィンの間になにかある、と周囲に匂《にお》わせるためとか？」

「……実害がない間は気にしなくていい。クウィンを信じるなら敵対の意思はないらしいからな。それより迷宮調査を続けよう」

あんな魔物が塞いでいた道の先に何があるのかわからない。

あれ以上の強敵がいなければいいが……と思いつつ、隊列を組み直して出発した。

それからも長期戦を覚悟していたが――

「……どうやらここが終点みたいじゃな」

道なりに進むこと数分ほどで再び広い空間に出た。思いのほか早い突き当たりだ。先頭のノイに続いて続々と中に入り、周囲を見渡す。

吹き抜けとなった天井から光が差し込む空間。

二層は一貫して地下墓地のような雰囲気だったのに、ここに来て自然光と思《おぼ》しきものが差し込んでいる。

迷宮は空間の連続性が保証されていない。それを証明するかのような光景に、思わず天井を見上げたまま息を洩《も》らした。

視線を下へ戻すと、墓標のように無数に立ち並ぶ石の棺《ひつぎ》が床を埋め尽くしていた。それらの表面は風化していて、相当な年月の経過を予感させる。

元からこの空間は存在していたが、壁が崩れて発見されたのがつい最近だっただけか？　迷宮だから生まれながらにこういう地形だったという説もある。

しかし……明らかに何かの意図を感じる物が最奥に鎮座していた。

「片翼の天使像……？」

レーティアが疑問の声を発する。

そうでなくとも全員の視線はソレ——片翼の天使像へ集まっていた。

顔立ちは女性っぽく、片膝《かたひざ》をついて祈りを捧げる姿勢。そこに天井から差し込む光が当たっていて、直視するのも憚られる神聖さを帯びている。

幸いと言うべきか、ソレについての知識が俺の中にはあった。

「まさか学園迷宮でこんなものを目にするとは。レーティア嬢なら知っておるじゃろ？」

「ええと……神代神像、ですよね」

「その通り。神代を統治していた神々を模した石像とされておる。意匠も様々で、わらわも二度ほど目にしたことがある。学園迷宮で発見されるなど思いもしておらんかったが」

ノイの言った通り、あれは神を模して造られたとされる石像——神代神像。

世界各地で発見報告が上がっていて、神代魔術との関係を研究されている。だが、神代魔術に繋がる情報は得られず、神への信仰のために造られたものという認識に収まった。

俺が神代神像と対面するのはこれが初。

しかし、この像から放たれる感覚は既に知っていた。

「……ウィル、わかる？」

「リリーシュカもか」

「あれ、嫌な感じがするわ」

他に聞かれないようにするためなのか、耳うちしてきたリリーシュカの表情は険しい。

二人の神代魔術師が共通して感じたのなら、気のせいとは断じられない。

「神像は後にして、ひとまず周りを調べるのじゃ。めぼしいものを発見したら報せるように。罠《わな》があってもおかしくないから気を付けるのじゃぞ」

ノイの一言で呆気《あっけ》に取られていた生徒も我を取り戻し、周辺の探索に切り替わる。

「わたしたちも探さない？」

「そうね」

「棺がこれだけ並んでいると墓荒らしをしている気分になるな」

「ここは迷宮だから、そういう構造物ってだけだよ」

気分はわからなくもないけどね、とレーティアが付け加えながら手近な石の棺に手を添える。表面を撫《な》で、感触を確かめる。顔を近づけて念入りに注視し、鼻を鳴らして臭いも嗅《か》いでいた。

「こういうところは意外と思い切りがいいんだよな。

「異常はない、かな。魔力も帯びていないみたいだし」

「中から魔物が飛び出してきたらどうするんだ」

「ウィルくんが傍にいるから大丈夫かなって」

平然と俺任せにしていたことを明かすレーティア。

二層の他の場所では棺から魔物が出てくることもある。それをレーティアが知らないはずがない。口では俺任せと言っているが、何かしらの対策はしてあるだろう。

「私、迷宮調査の詳細を知らないままついて来たけれど、どんなものを探すの？」

「あんまり明確な指標があるわけじゃないの。魔道具とか、研究に使えるものが見つかればすごくいいかな」

「あの神像はかなりの収穫だ。本当に神像なら、の話だが」

「今回は発見場所が迷宮の新領域だから、偽造の線はほとんどないと思う」

「……あんなものを偽造できるの？」

「過去に何度かあったな。神代神像が発見されると研究のために周辺の街も栄える。学術都市ってやつだな。そのために新興国や斜陽の国が神代神像の偽造をしていた。まあ、材質の風化具合や内包する魔力で一目瞭然なんだが」

本物には有無を言わせぬ凄《すご》みがある……らしい。

偽物を見たことがないから何とも言えないが、目の前にあるソレからは明確な圧を感じる。

まるで、心の奥底まで凝視されているかのような――

「そもそも、この空間自体が特殊だよね。二層は地下墓地……光の射《さ》さない地形ばかりなのに、ここだけは天井が割れて光が射し込んでる。置いてあるのも最奥で祈りを捧げる神像に、参列者みたいに立ち並ぶ石の棺」

「墓地ってより教会とか聖堂の方がお似合いか」

「……だとしたら、棺の中になにか入っていたりするのかしら」

「開けてみよっか。二人も手伝ってくれる？」

「本当に開けるの？」

「元々そのつもりだったよ。他のところも開けてるみたいだし」

リリーシュカは冗談のつもりだったのだろう。しかしレーティアに言われて周りを見ると、本当に棺を開けて中身を確かめていた。

それならと三人で力を合わせて棺の蓋《ふた》を開ける。

すると、完全に白骨化した頭蓋骨が棺から転がって出てきた。

ひっ、とリリーシュカが短い悲鳴を上げ、俺の背中に手を置く。一方で何が出てくるかをある程度予想していた俺とレーティアは動じない。

「……骨かな?」

「頭蓋骨だけ出てくるのってちょっと怖くないか? なあ、リリーシュカ」

「………このタイミングで私に話を振らないで。笑いたいなら笑えばいいじゃない」

「いや、案外可愛《かわい》いところもあるんだなと思って」

「……何が可愛い、よ。帰ったら覚えてなさい」

本人的にはキツイ眼差しを意識したのだろう。とはいえ、縋《すが》りついているこの状況では誤魔化《ごまか》しとしか思えない。

帰った後が怖いので揶揄《からか》うのはやめておくか。

「この頭蓋骨には意味がないだろうな。魔物が出てこなかっただけマシか」

「私は魔物の方がいいわね。倒せるから」

「魔物が出たらリーシュ、お願いね。次々開けていくよ」

並んでいる順で棺の蓋を開けていく。出てきたのは頭蓋骨をはじめとして小さなトカゲ、貴金属が少々。一度だけ出てきたスケルトンはリリーシュカが魔術で倒した。

「収穫らしい収穫はなかったな」

「貴金属も珍しいものじゃないし。初めからあんまり期待はしていなかったけど」

「本命は神像だものね」

粗方《あらかた》の調査を終えた生徒は神像の前に集合していた。

「うーむ……神像の調査なんてわらわも初めてじゃ。形状は文献にもない形。魔力も内包しておる。本物だった場合、下手に触れて壊せば価値の損失が計り知れん」

「でも、ここでわかりませんでした――って引き下がるのは面白くないよね、学園長」

「クウィン嬢の言う通りじゃが、安全性を考えると放置が一番。おぬしらも余計なことはするでないぞ」

注意勧告をして、ノイは神代神像を眺めるだけに留める。他の生徒もそれに倣《なら》っていて、俺は内心安堵《あんど》していた。

神像が本当に神代魔術と関連性があるのなら、下手に関わったら碌《ろく》でもない結果に繋がることを想像しておかなければならない。

そうなったとき、対抗できるのは神代魔術を保有する俺とリリーシュカだけだろう。

「レーティアも下手に近づくなよ。興味をそそられるのは理解できるが」

「……言い付けも守れない子どもだと思われてる？」

正直、魔術が関わると似たようなものだろう。

公爵令嬢……淑女として楚々《そそ》とした立ち振る舞いを求められるレーティアではあるが、興味関心がある事柄についてはその限りではない。

今も神代神像を調べたい欲求に抗《あらが》っているのか、一心に視線を注いでいる。他国に渡らなければお目にかかれない貴重品だ。

手を付けられない分、記憶にその姿を焼きつけようとしていた。

「あれが神代神像なのはほぼ確定的。じゃが、このタイミングで発見されるのは怪しい。先日、学園迷宮が封鎖されるに至った経緯は知っておるじゃろ？」

……確かにあの腕からも神を名乗る何者かの気配を感じた。

それと神代神像から感じる雰囲気は同じ。関連性を疑うのも無理はない。

あの腕を間近で目にしたフェルズも心なしか渋い表情をしていた。……これは腕じゃなく俺とした決闘の敗北を思い出してのものか？

まあ、どっちでもいいか。本人に確かめる気もない。

「……ウィルくん、リーシュ。今わたしに話しかけた？」

神代神像を無言で眺めていたレーティアが、おもむろに口にする。

「いや、俺は何も」

「私もよ」

「そう？　なら気のせいかな」

俺とリリーシュカは揃って首を振った。すると、レーティアは顎《あご》のあたりに手を当てて考える素振りを見せながら、再び視線を神代神像へ。

「体調が悪いなら無理はしない方がいい」

「ありがとう。でも、大丈夫だから」

気遣いは無用とばかりに笑ってみせる。

本人が大丈夫と言うならいいんだが……迷宮探索で疲労が溜《た》まっているのかもしれない。

「新領域の調査としては上出来じゃろう。特異個体の討伐と、神代神像の発見。ルートも一本道で迷うこともなさそうじゃからの。後で専門の研究者を招致するとしよう。魔道具や書物はともかく、流石に神代神像は手に余る」

これでようやく迷宮調査は終わりらしい。

帰るまでが調査とわかっていても、多少気が抜けてしまうのは許してほしい。

幕間◇揺籃《ようらん》

「……やっぱり足手まといだったよね、わたし」

迷宮調査から帰った夜。

部屋でシャワーを浴びていると、喉《のど》から弱音が飛び出していた。

鏡に映っているのは心なしか疲れた表情の自分。肉体的なものではなく、精神的なものだ。

それもこれも全部自分のせいだとわかってはいるけれど、だからこそ考えてしまう。

今日の迷宮調査で、わたしは何一つとして役に立てなかった。

『首無し騎士《デュラハン》』との遭遇時、足が竦《すく》んで動けなかったところをウィルくんに助けてもらった。

戦闘中も周りに合わせて動くだけ。わたしである必要性は欠片《かけら》もない。

ウィルくんも、リーシュも、その能力を示した。

わたしが追いつけないくらいの力を。

「わかっていたこと、だよね。ウィルくんの才能は知っていた。リーシュが凄《すご》いのも――わたしに限界があることも」

手の甲で前髪を払う。金色と、赤い結晶のオッドアイ。

それがほんの僅《わず》かではあるけれど、じんとした痛みを訴えていた。

不治の病、魔晶症《ましょうしょう》。

わたしの身に課された期限は、刻々と迫りつつあった。

「……大丈夫だと、思っていたのになあ」

異変に気付いたのは迷宮調査の最中、神代神像を見上げていた時のことだ。

◇

『──我を覚ますは、汝《なんじ》か？』

頭の中に誰《だれ》のものとも記憶にない、やや低い女性の声が聞こえた。

始めは幻聴かと自分の耳を疑った。

でも、妙に明瞭で、変な圧が込められているかのように感じる。

それこそさっき戦った『首無し騎士』よりも数段強く、異質な気配。

『──我は残滓《ざんし》。現世に遺《のこ》された、意思ある断片。待ち侘《わ》びたぞ、この刻《とき》を。資格を有する者よ、我を受け入れるか。我に捧げるか。我の咎《とが》を背負うか』

理解の及ばない言葉の羅列。

そして、覚えのある痛みがじんと左目の奥で疼《うず》いた。

視力も、痛覚も失い、赤い結晶が残るだけの左目。

それがどうして、今になって痛むのだろう。

わかってる。目を逸《そ》らしているだけ。

逃げ続けていた死神の迎えが来たんだ。

『汝の猶予は幾ばくか。未来《さき》へ羽ばたくか、滅びを待つか』

まるでわたしのことを見透かしたかのような言葉。

……あなたは何を知っているの？

『我は識《し》らぬ。我は存ぜぬ。我は――資格在りし者へ託すのみ』

声の後、思考に自分の知らない感覚と景色が浮かび上がる。

冷たくて、重くて、でも温かくて軽い。夜の静けさ、枝を飛び立つ鳥の囀《さえず》り、月夜を目指し羽ばたく影。されど翼をもがれた鳥は、ただ落ちるのみ。

その瞳《ひとみ》は、ひたすらに明日の夜明けを望んでいた。

左目を起点に広がる痛みとは違う、確かな熱量が背中を焼く。

『手を取るか、はたまた捨てるかは汝次第。対価は汝の未来――賢明な判断を望む』

全《すべ》てを伝えきったのか声は途絶え、代わりにウィルくんがわたしを呼ぶ声がした。

◇

結局、あれは何だったのだろう。

声の主《ぬし》が誰で、わたしに何を伝えようとしたのかを摑《つか》み切れていない。

けれど……目下対応するべきことは別にある。

「……やっぱり痛む。そして——あるよね、当然のように」

自分の身体を探っていると、肌の柔らかさとは似ても似つかない硬質な感触が指の腹から伝わってくる。その位置を鏡へ向ければ、肌色の中にぽつりと粒状の赤い結晶が浮かび上がっているのが映った。

体内の魔力が凝固し、魔水晶となって体表に生成される現象は魔晶症特有のもの。痛みも再発直後だからこの程度で済んでいるだけで、時間が経《た》てば強くなる。

それこそ、意識を保つのすら難しくなるほどに。

痛みだけなら耐えられる。

二人が近くにいたから急に泣き出すことだけはしなかった。

でも——寮に帰って独りになった途端、死の恐怖が明確に形を持った気がして。

「………ダメだなあ、わたし。大きくなっても、弱いままだ」

熱くなった目の奥。堪《こら》えきれなくなった涙が溢《あふ》れ、鏡に映る自分の顔が歪《ゆが》んだ。

痛いのは嫌だ。

死ぬのも嫌だ。

リーシュと、ウィルくんと離れるのは嫌だ。

置いて行かれたくない。

わたしも連れていって。

独りに、しないで。

『――ならば我が授けた力を使うがよい。汝には資格がある』

声が聞こえる。

やや低い女性の声。神代神像へ祈りを捧げていた時、頭の中に響いてきた声と同じだ。

本能的に畏怖と敬意を抱いてしまう、そんな声。

「……わたし、まだあなたのことが神代の神だなんて信じ切れていないの。意思のある生命体はいくつか存在するから」

『我を疑うか』

「そうなるかな」

『疑念は真理を探究する上で大切な感情だ。我はそれを尊重しよう。であるが――疑われたままというのはいささか不本意だ』

「それはごめんなさい。でも、わたしには時間も余裕もないの」

魔晶症の症状が出始めた。じきに身体全体へとその影響は広がるだろう。

なんならもう始まっている。

けれど――

「……だって、魔晶症だけでも心配されるのに、背中のコレを見られたらウィルくんは間違いなく自分を責めるでしょ？」

鏡に背中を見せ、首だけで振り向く。

左の肩甲骨のあたりに刻まれた、白い翼の紋様。

わたしも良く知る、神代魔術師の証とも言える刻印だ。

もし魔晶症の治療のためにウィルくんに神代魔術《プリミティブ》を使ってもらう場合、わたしは肌を晒《さら》すことになる。繊細な魔術は素肌を介した方が精度を高めやすい。

そうなればわたしの身体に現れてしまった刻印を見られてしまう。

万一にも失敗しないためであり、リスクを最小限に抑えるためにも必要なこと。

「追いつきたいと言うのは簡単。でも、今のわたしじゃ二人の足を引っ張って、気遣われるだけ。そんなのは嫌」

『ならば授けた力を使えば良い。追いつきたいのだろう？　何かを奪われるとしても成し遂げたいことなのだろう？』

これは毒だ。言葉の形をした、わたしを蝕《むしば》む甘い毒。

手を伸ばし、呑《の》み込《こ》めば、わたしの目的は達せられるとは思う。

なんたって神の力……神代魔術だ。わたしの不治の病を治せるほどの力。

だとしても、神代魔術には明確なリスク――代償が伴う。

「……まだ、使わない。最後まで自分の力で頑張る。じゃないと胸を張って二人の隣に立てないから」

『悠長なことだ。時が経つのは思っているより早い』

「わかってるよ。余命幾ばくかのわたしが、何よりも」

胸に手を当て、考える。

わたしの余命はどれくらいだろう。

明日には急変して死んでしまうかも。一週間、一か月、一年と生きていたら、ウィルくんを欺き続けるのは無理だ。

ウィルくんは勘が鋭い。

わたしの隠し事なんて簡単に見破る。

これでも表情や感情を繕うのは得意な方なのに……どうしてかな。

その理由に心当たりがあっても、今はあんまり考えたくない。

「ねえ。あなたから見て、わたしは数日の間は持ちそう？」

『その程度であれば問題ないだろう。安静にしていれば、の話だが。もし派手に魔を操《あやつ》るのであれば、我にもわからぬが』

「そっか」

迷宮調査から帰る間、ずっと考えていた。

魔晶症が再発したまま決闘祭に出場できるのか……と。

痛みは鎮痛剤で多少は誤魔化《ごまか》せる、はず。表情を繕うのもいつもやっていること。目に見える場所に結晶が出てしまったら化粧か何かで隠せばいい。

だって、この機を逃したらわたしは二人に追いつけない。

ウィルくんも、リーシュも怒るかもしれない。ううん、絶対に怒る。

でも、気づいてしまったら、戻れないの。

用意された席はいらない。

わたしはこの手で、自分の居場所を手に入れる。

じゃないと、わたしはずっと、二人の背中を見るだけで終わってしまう。

「わたしは三大公爵家、ルチルローゼ家の娘、レーティア・ルチルローゼ。不治の病で死の未来が避けられないものとしても、この矜持《きょうじ》だけは奪わせない」

無駄な足掻《あが》きかもしれない。

途中でウィルくんにバレるかも。

そうなったら、ちょっと気まずいかな。

「ウィルくんは魔晶症が再発してるのを知ったら問答無用で治そうとするよね。……この歳《とし》になって肌を見せるのは恥ずかしいんだけどなあ」

懐かしい記憶に想《おも》いを馳せながら、シャワーの栓を閉める。

声はもう、聞こえなくなっていた。

第三章 ◇ 宣戦布告

「……迷宮調査で忘れがちになっていたが、数日もすれば決闘祭か。どうにも出場する実感が湧《わ》かないな」

迷宮調査の翌日。

まだ疲労が残っている気がするが、授業を休むわけにもいかない。普段よりも強い気だるさを噛《か》み殺《ころ》し、朝日を浴びながらリリーシュカと一限の教室へ向かっていた。

そんな最中。他の生徒の会話を聞いて、決闘祭が目前なのを思い出したわけだ。

「変に緊張しなくていいんじゃないかしら。決闘祭の勝利予想で賭《か》けが行われているみたいだけれど」

「リリーシュカの倍率は低そうだな」

「こんな時ばかり人気じゃなくてもいいのに。そういうウィルは高そうね」

「妥当な評価だ。賭けるのは大穴狙《ねら》いの奴《やつ》くらいだろう」

決闘祭で求められるのは純粋な魔術戦の力。俺《おれ》にはなくてリリーシュカにはあるもの。能力を基準にした評価にケチをつける気はない。

「対戦相手は当日に発表だったか」

「そうなの？　対策を立てたい人にとっては都合が悪そうね」

「俺みたいに小細工でしか勝てなそうな奴もな。その点リリーシュカは純粋な力押しで何とかなるだろ。二回生で上級魔術使える生徒って他にいたか？」

「ウィルの他には知らないわね」

「……あれを使えるの内に入れるな。どうやっても決闘祭で出番はないぞ」

「わかってるわよ。神代魔術《プリミティブ》を使われたら誰《だれ》も勝てないわ」

俺の『魔力改変《イリミティブ・メノン》』は対魔術師戦で反則的な性能だ。魔術の全《すべ》てを封じられたら魔術師なんてただの人間。近接戦闘術を修めていなければ抵抗すら難しい。

「でも、勝算はあるの？　出るからにはあなたにも勝ってほしいのよ」

「出来ることをやるだけだな。あまり期待しないでくれ。義務として出場を決められたのにやる気が出るわけがない」

「勝ったらご褒美をあげるって言ったらやる気が出たりするのかしら」

どこか得意げなリリーシュカ。

何を言い出すかと思えばそんなことか。

「俺にとってのご褒美は決闘祭の出場を取り消して休日を満喫することなんだが」

「……提案のし甲斐《がい》がないわね」

「そういう性分なんだ、諦《あきら》めろ」

決闘祭は六日間に亘《わた》って行われる。

とてもじゃないが一日で全試合を消化できないし、魔術戦を安全に行える場所も少ない。迷宮を使えば出来るかもしれないけど、その場合は観客がまばらな味気ない試合になってしまう。決闘祭は能力を示す貴重な場。

力を誇示したい連中にとっては逃せない機会だ。

……それも二回生に限ってはリリーシュカが出場するので難しいかもしれないが。

「第五王子……フェルズも出場するのかしら」

「迷宮調査に参加していたあたり、その辺の意識は高そうだ。当たることはないから一観客として楽しませてもらおう」

あれでフェルズは五回生の首席。優れた魔術師であることに疑いはない。上級生の試合なら相当にレベルも高いだろう。

そんなこんなで授業のある教室に到着する。

レーティアは先に来ていたらしく、他の生徒と話していた。が、俺たちに気づいたのだろう。一瞬視線を向けて——何事もなかったかのように逸《そ》らす。

レーティアにも人との付き合いがある。今日はたまたま、そういう日だっただけだ。

そうでなくとも最近は俺たちに構いっぱなしだったから、ああいうレーティアに擦《す》り寄《よ》りたい貴族たちの欲求を解消しているのかもな。

心労を考えると本当に頭が上がらない。

俺なら素っ気なく対応して離れるように仕向けるな。誰から嫌われても今更な俺だから出来ることだとはわかっているけど。

指定席となった窓際最後方の席に座り、今日も退屈な授業を聞き流す。

そんなことを昼まで続けて、昼食の時間。

「――ティア。よかったら一緒にお昼を食べないかしら」

授業終わりにリリーシュカがレーティアを昼食に誘った。

復帰してからは誘い合うことが常となりつつあった。人と食事を共にするのを避けていたリリーシュカからすればかなりの進歩と言える。

だが、レーティアは眉《まゆ》を下げながら、

「ごめんね、数日はちょっと予定があって一緒にいられないかも」

「あら、そうなの？　それなら仕方ないわね。また誘ってもいいかしら」

「……うん。また誘ってほしいかな」

やんわりと断り、せわしなく教科書を片付けて教室を出ていく。

「ティアは忙しいのね」

「迷宮調査もあったから、その関係で呼ばれていたりするんじゃないか？　俺も本人から聞いていないからただの推測だが」

「じゃあ、久しぶりにあなたと二人なのね」

「嫌か？」

「もう慣れたわ。夜は大体二人でしょ？」

「……それもそうか」

納得し、食堂へ向かおうとした俺たちを、

「二人とも、昨日ぶりだね。宣言通りお誘いに来たよ。お茶じゃなくてお昼だし、そちらも一人足りないみたいだけど」

待ち構えていたクウィンが昼食に誘ってきた。

……まさか本当に来るとは思わなかった。

しかも翌日に、堂々と。

「まさか断るなんて酷《ひど》いこと言わないよね」

「俺からするとついていく理由もない」

「親睦を深めたいだけだよ。クウィンはほら、割と一人だからたまにはね」

たまには、と言う割に、他にクウィンが誘ったという話は聞いたことがない。

でも、リリーシュカのテーブルマナーの練習と思えば相手として都合がいい。中立な立場のクウィンにリリーシュカの成果がどう映るのかは気になるところだ。

「リリーシュカ次第だな。俺は食事くらいなら構わない」

「……私もいいわ。ちゃんと話をする機会を設けてくれているんだもの」

「そうこなくちゃ。もう部屋は取ってあるから安心して。料理、何か苦手なものあったりする？」

「俺はない」

「……苦いものはあまり得意じゃないわね」

「クウィンと同じだね。他にも辛かったり酸っぱかったり、ドロドロした食感のものとかも苦手だけど」

……偏食だったんだな、こいつ。


クウィンに案内されたのは俺たちも何度か使ったことのある個室。

料理はもう頼んであるらしく、俺たちは待つだけだ。

「人と一緒に食事するの久しぶりかも。この個室も一人で使うことが多いし」

「贅沢《ぜいたく》なことだ」

「誰かに見られるのは嫌い。クウィンは見る側専門」

「観客だからか？」

「そう。よくわかってるね」

ふっ、とクウィンの口角がほんの僅《わず》かに上がる。

表情が薄いためわかりにくいが、今は機嫌が良さそうだ。

「料理はちょっと待ってね。マナーにもうるさい方じゃないから安心して。キミ、苦手なんでしょ？」

「……何で知ってるのよ」

「知ってることしか知らないよ。礼儀作法の授業にも出ていたみたいだし、そうなのかなって」

当たり？　と小首を傾《かし》げて訊《き》くクウィン。

授業の後で俺たちがいたのが広まっていたのだろう。

それならクウィンが学園のどこかで話を聞いていても不思議ではない。

「クウィンは確かに一人だよ。でも、独りじゃない。必要なら会話もするし、協力関係だって結ぶ。こんな風に食事に誘うことも。全て楽しいことに繋《つな》がったらいいなって思ってやってることだよ」

「……今回もか？」

「うん。レーティアちゃんはいないけど、三人とも決闘祭に出るんでしょ？　どんな意気込みなのかなーって。演者のことを知るのは楽しむための一歩だから」

結局はそこに行きつくのか。

「俺たちのことなんてそこらで話を聞くだろ」

「実際に顔を合わせないとわからないこともあると思わない？」

「……一理あるわね」

「だから、クウィンに二人のことを教えて。答えるのが嫌な質問は断っていいよ。全部断られるのは面白《おもしろ》くないけど、クウィンの中ではそういう人ってことになるから」

「普通の王侯貴族相手ならそれでもいいんだろうが、生憎《あいにく》と俺はやる気なし王子だぞ？　誰にどんな目で見られようとも評判は地の底だ」

やる気なし王子と呼ばれるようになったのは幼少期からだ。

王城にいた者なら誰でも知っている。学園生徒も同じだ。

残念ながら、俺には王族としてのプライドがまるでない。

そう宣言したに等しい俺へクウィンがため息をつき、淡泊な視線を向ける。

「クウィンが言うのもどうかと思うけど……情けなくないの？」

「ない」

「潔い割り切りだね。クウィンも見習おうかな」

「……こんなところ見習わなくていいわ」

なんで二人に呆《あき》れられているんだろう。

そんな話をしている間に扉がノックされ、ウェイターがカートで運んできた料理をそれぞれの前へ。

それはどう見ても、山のようにクリームとフルーツが盛り付けられたパンケーキ。見ているだけで胸焼けしそうなそれに、意識せずとも眉が寄る。

……まさかこれを昼食と言い張る気か？

リリーシュカも同じ気持ちだったのか、困惑気味な青い瞳《ひとみ》がパンケーキと俺、クウィンを順に確認する。

「……これは？」

「見てわからないの？　パンケーキだよ、パンケーキ。フルーツとクリームたっぷりの、甘いもの好きにはたまらない一品だよ」

「私の認識だとデザートだと思うのだけれど」

「もしかして二人とも、ちゃんとした料理じゃないと食事って言えない人？　パンケーキもれっきとした食事だよ。味が甘いだけ」

「まさか日常的にこんな食生活を？」

「気分かな。今日は甘いものが食べたいなって思っただけ。学園も寮の食堂も頼めば案外何でも作ってくれるんだよ。夜食とかもね」

なんて言いつつ、クウィンは俺たちを待たずにナイフで小麦色のパンケーキを一口大に切り分け、大量のクリームとフルーツも一緒に口へ運ぶ。

小さな口がもぐもぐ、と無言のまま動く。

心なしか目元が緩んでいて幸せそうだ。

こうしていると人畜無害な甘党にしか見えない。

「……二人は食べないの？」

催促されて初めてリリーシュカもナイフを取った。

……昼食だから甘い物は出ないだろうと油断していた。

苦手なものはないと言った手前、残すのも忍びない。

「…………意外と甘くないんだな」

「思っていたよりは、全然」

「気づいた？　あんまり甘すぎると途中で嫌になっちゃうから」

クウィンの手は止まらない。

リリーシュカもお気に召したのか自然な笑みが浮かんでいる。

俺もこれくらいの甘さなら全然食べられそうだ。若干塩気が欲しいくらいだろうか。

とはいえ、たまにはこういうのもいいかもしれない。

食事中はクウィンから話し出すことはほとんどなく、俺たちも黙々と食べ進めた。

食べ終えるのは俺、リリーシュカ、クウィンの順。

体格通り、小食な方なのだろう。

「やっぱり食べるなら甘い物に限るね。食べられる量には限界があるから、なるべく好きなものを食べた方がお得」

「……いつか体調崩すんじゃないか？」

「それはその時考えたらいいの。もしかしてクウィンが体調を崩したらウィルが看病に来てくれたりするの？」

「寮の職員を呼んだ方がそれらしいことをしてくれると思うぞ」

「冷たいけど余計な心配をしなくて済むのかな」

ちらり、クウィンの目線がリリーシュカへ。

「クウィンは第四王女だし、女だし、どっちつかずの態度だもんね」

「女ってところ関係あるか？」

「婚約者が他の女と仲良くしてたら自然と嫉妬《しっと》するんでしょ？　劇で見たから詳しいの」

どんな劇だ。あと、劇の内容を鵜呑《うの》みにするな。

……あながち間違いとも言い切れないのが厄介だし。

「嫉妬しないとは言わないわ。でも、お互い納得してのことよ。嫉妬はするけど」

「なぜ二回言った」

「わかっていなさそうなのが約一名いるからよ」

視線が刺さる。

わかっているつもりでもリリーシュカ目線だと足りないらしい。

女心が理解できる日は遠そうだ。

「あれこれ聞き出そうとしていたのに午後の授業が始まっちゃうね。こればかりは仕方ないかな。また今度、レーティアちゃんも一緒にね」

◇

「――ルチルローゼさん、また今度」

穏やかな笑みで礼を言い、去っていく貴族の子女を見送って、わたしはひっそりと息をつく。

バレてない、よね。反応を見る限り、多分大丈夫。

もしわたしの状況を見透かしていたら、表情だけは心配そうにするはずだから。

魔晶症《ましょうしょう》が再発したのは昨日のこと。

全身で感じるじんとした痛み。朝、鎮痛剤を飲んできたせいか、今日は妙に眠い。

でも、痛みがわたしにまともな睡眠を許さない。

昨日の夜ですらそうだった。

まともに寝られず、鏡を確認したら出来ていた薄い隈《くま》を化粧で隠している。

正直、授業を休んでしまってもいいくらいの体調。そうしないのはウィルくんとリーシュに疑いを持たれたくないから。

だからわたしは色々と理由を付けて二人から距離を置くことにした。

昼食の誘いも断って、一人で個室を使って食べた。

こんなに味気ない食事は久しぶりだった。

これから数日、決闘祭の本番までの辛抱。

「……二人と話せないのがこんなに辛《つら》いなんて思ってなかった、かな」

余計な疑いを避けるため、最後の授業を終えてからすぐに寮へ帰った。

部屋の扉を閉めると酷く安心する。ここなら弱音を零《こぼ》していても気づかれない。

着替えもせずに、ふらふらと覚束《おぼつか》ない足取りでベッドへ。貴族の令嬢として褒められたことではないけれど、今は大目に見てほしい。

身を縮め、横になる。深呼吸で息を整え、痛みを思考から遠ざける。

鎮痛剤は、まだある。けど、そのうち効かなくなる。

あとは根性かな。精神論は嫌いじゃない。

それでどうなるかは別の話だけど。

現実的には鎮痛剤の量を増やすしかなさそう。限界があるとわかってはいるけれど。

……となると、どこかで鎮痛剤を買いに学園を出ないと。

学園の購買部でも買えるけど、誰かに見られたら怪しまれる。それが二人なら問い詰められるのは間違いない。

消去法で街に出るしかない。倒れたら家に連れ戻されるから万全を期しておかないと。

「……隠し通すよ、わたしは。決闘祭のその日まで」

公爵令嬢、レーティア・ルチルローゼ。

今こそ淑女として作り上げた仮面を被る時だ。


以降も、わたしは二人を避け続けた。

それを機にわたしの元へ寄って来る貴族を相手にする。

中身のない会話ばかりで助かった。痛みのせいで、まともに思考が纏《まと》まらないの。

口数は最小限。穏やかな笑みをキープして、表面上だけは楽しそうな雰囲気を作る。

適度なところで別れて、一人になったら仮面が外れる。

「…………少し、休まないと」

午前の授業が終わって、わたしは事前に取っておいた個室へ逃げ込む。

軽食だけ頼み、苦労して食べてから薬を飲む。そしてテーブルに突っ伏した。

両目を瞑《つむ》る。ゆっくりと呼吸を整える。

眠れるとは露ほども思っていない。少しでも気を紛らわせられればじゅうぶん。

そのまま、後に控える予定を考える。

午後の授業は二人とは別。教師の方にも欠席の連絡をしてある。

ここで休んでから、鎮痛剤の調達のために街へ出る。

今飲んだ鎮痛剤が手持ちの最後。

帰るまで身体がもってくれるといいけれど……どうだろう、自信はない。

今朝《けさ》、ルーティーンとして全身のチェックをしたら、赤い結晶が至る所に浮かび上がっていた。腕、お腹《なか》、背中に足──なんとか隠せる場所ばかりで助かった。

「──行こう」

しばらく休んだわたしは一度寮へ戻り、荷物を取って学園を出た。

最寄り駅へ向かう間に外套《がいとう》を羽織って目深にフードを被る。怪しい外見になってしまったけれど、万が一にも目を付けられないためには仕方ない。

そのままクリステラ駅行きの路面魔車に乗り込む。

乗客はまばらで、座席も空いている。そのうちの一つに背を預け、これ幸いと目を瞑る。

しばらくすると機関の音を響かせながら発車した。

揺れが身体に伝わってきて節々が痛む。痛みが強すぎて鎮痛剤が気休め程度の効果しかなくなっている。

歯を食いしばって耐えていると、列車が速度を落として停車する。

クリステラ駅に着いたらしい。

最後の方に列車を降り、当初の目的地──魔術薬店へ。

着いた頃には息が絶え絶えで、視界がゆっくり回っている感じがする。胸の当たりもなんだかむかむかする。吐くほどではないにしろ、気分が悪いのは認めよう。

寝不足のせいかな。

ここ数日で一番体調が悪い。

「……すみません、鎮痛剤を頂きたいのですが」

震えた細い声で店員さんに告げると、訝《いぶか》しげな視線を投げられた。

目深にフードを被っていて人相が窺《うかが》えないのも理由としてはある。

鎮痛剤だって悪用できないこともない。

「念のため確認させていただきますが、ご本人様が服用されるので間違いありませんか？」

「はい」

「……失礼かと存じますが、お顔の方を拝見させていただいても？」

魔術薬は誰でも買える。けれど、犯罪に使われる可能性も考えると、店側は客の情報を把握しておきたい。

しばし迷って、わたしはフードを外す。

何度か行っている店だから、彼女もわたしの顔は把握していた。

「……ルチルローゼ様でしたか。これは大変なご無礼をいたしました」

「気にしないでください。それと……今日のことは内密にお願いします」

精一杯の笑みを絞り出すと、彼女は少し迷う素振りを見せてから「わかりました」と約束してくれた。

すぐに鎮痛剤が処方される。

「あまり無理はしないでくださいね」

それは出来そうにない約束かなと内心思いつつも店を出る。

もう体調は限界だ。長居をしても意味がない。

早いうちに学園に帰って休まないと――

「こんなとこで一人なんて危ないぜ、嬢ちゃん」

「俺たちみたいなのが路地にはいるからよォ」

粗野な男の声が二つ。

はっとして周りを見ると、わたしはいつの間にか薄暗い路地にいた。

そして、いかにも荒事に慣れていそうな二人の男が、下卑た笑みを浮かべながら退路を塞《ふさ》ぐように立っている。

その二人の姿すらぼやけて見える。

自分の行動すら自覚できないくらい意識が朦朧《もうろう》としていたらしい。

それでも積み重ねのお陰か、公爵令嬢としての矜持《きょうじ》か、泣いて無様を晒《さら》すことはなかった。

「……衛兵を呼びますよ」

「そんなか弱い声じゃ届かないっての」

「泣いて喚《わめ》いてみてもいいんだぜ？　俺たちの気が変わるかもしれねぇからなあ」

ゲラゲラと路地に響く嗤《わら》い声。

普段なら聞き流せるそれが、今はとても気に障る。

こんな場所で男に捕まったらどうなるかなんてわかりきった話。

ありふれた不幸を呼び込んだのはわたしだ。

付き添う人も連れず、自分のわがままを貫くために大切な人を欺くわたしへの罰。

「ま、大人しくしてりゃ俺たちも優しくしてやるからよ」

言葉の端々に歪《ゆが》んだ欲望が滲《にじ》んでいる。

そんな男たちの手がわたしへ伸びてきて。

「……んだよ、逆らうってのか？」

わたしが一歩引いたことで、男の手は空を切る。

怒気を孕《はら》んだ声。

空気が剣呑《けんのん》さを帯びたのを、覚束ない意識でも捉《とら》えた。

そのまま身を翻《ひるがえ》し、路地を出ようと必死に足を動かす。

大通りまで出れば人目がある。

しかし、足が縺《もつ》れ、すぐに転んでしまった。

「――――ッッ⁉」

体を強く地面に打ち付ける。

その衝撃が刺激となり、ただでさえ感じていた痛みが増幅されて全身へ奔《はし》った。

思わず洩《も》れた声。目の奥が熱くなって、涙が滲む。

やっぱりこんなことしなきゃよかったのかな、なんて後悔が頭をよぎる。

もしここに、ウィルくんがいたら。

「逃げられなくて残念だなァ、オイ」

「俺は舐《な》めた態度の女が一番嫌いなんだよ」

近付いてくる足音。

痛みと、恐怖と、自己嫌悪で頭の中が真っ白になって。


「――クウィン、そういうのって全然面白くないなあ」


この場にいるはずのない少女の声がした。

男たちとの間で鳴った軽《かろ》やかな着地音。

恐る恐る振り向くと、第四王女クウィン様の姿があった。

「物語のヒロインは最終盤まで出番があるの。悲劇でも喜劇でも、お約束は変わらない」

「んだ、この女。お前からがお望みか？」

「出来るわけないじゃん、三文役者のキミたちに」

「……どうやらわからせてやった方がいいらしいなッ！」

懐《ふところ》からナイフを抜く。

鈍く輝く刃物を携えて、男がクウィン様へ迫り、

「――先走るなと言ったはずだ、クウィン」

銀閃《ぎんせん》。

呆《あき》れた男の声が甲高い音に続いた。

ウィルくんと似ているけれど、決定的に違う鋭い声。

「来るのが遅いよ、フェルズくん」

「……お前が調子に乗りすぎなんだ」

わたしを助けたのは第四王女クウィン様と第五王子フェルズ様だった。

どうして二人がここに？　まさかつけられていたの？

警戒していたのに全然気づかなかった。

……注意散漫だっただけかな。こんな体調だもんね。

「今すぐ失せろ。それなら見逃してやらんこともない」

フェルズが一方的に告げると、男たちの顔色が途端に悪くなった。

「魔術学園の制服……っ⁉　しかもこいつ、第五王子と第四王女――」

「やべぇ！　逃げるぞ‼」

流石《さすが》に名前くらいは知っていたのだろう。

王族に手を出せばただでは済まない。

そうでなくとも明らかに腕の立つ雰囲気のフェルズ様に気圧《けお》されたのかも。

静かになった路地。

はあ、とため息が重なる。

「レーティアちゃん、警戒しなくていいよ。クウィンたちはキミの味方……ってわけじゃないけど、とりあえず敵じゃない。魔晶症の再発をルチルローゼ家やウィルに密告する気もないから安心して」

「……クウィン様っ、どうして、それを」

「敬称はいらないから。理由も今はいいでしょ？　それより、キミの身の安全が最重要。決闘祭に出たいなら、クウィンたちを信じた方がいいかな。ウィルから匿《かくま》って、痛みを多少和らげるくらいはしてあげられるよ」

街へ鎮痛剤を買いに出ていたわたしは、意識が朦朧として路地へ迷い込んでしまった。そこで男たちに襲われかけたところをクウィンとフェルズ様に助けられ、学園へ帰還。

しかし話はそこで終わらず、わたしは半ば強引《ごういん》にクウィンの部屋へ運び込まれる。

ウィルくんと鉢合わせることはなかった。

先に寮へ入ったフェルズ様が確認していたのかも。

どういうわけか、二人は協力関係にあるみたい。

性格を考えると水と油のように思えて仕方ないし、フェルズ様の態度は渋々に見えたけど。

体調も限界だったわたしはすぐにベッドへ寝かせられる……前にクウィンの手で着替えをさせられた。

至る所が結晶化しているのを目にしたクウィンが「これだけ症状が出ているのに出歩けるなんて常軌を逸した精神力だね」と言っていた。

皮肉だとわかっても、わたしには笑えるだけの元気が残っていない。

その精神力を使い果たしたからこうなっている。

気遣われながら部屋着に着替えさせられた後はベッドに寝かせられた。備え付けの家具の他にクウィンが自分で揃《そろ》えていそうなものがほとんどない。

自分で使っている部屋は別であるのかも。

「――魔晶症の症状もだけど、相当な量の魔術薬を服用したでしょ」

「……痛みを誤魔化《ごまか》すにはそれくらいしかなかったので」

「気休め程度の効果しかないって聞くけど」

「………かもしれませんね。眠れないくらいの痛みはありますよ」

「気絶と睡眠って全然意味が違うから。とりあえず休んで。手助けが必要な時はクウィンか、いないときは寮の人を呼ぶこと」

いい？　と念押ししてくるクウィンに小さく頷《うなず》く。

表情が薄いのに有無を言わせぬ圧がある。

わたしを真剣に心配しているのだと伝わってきた。

「……どうしてわたしの後をつけていたのか聞いてもいいですか？」

「ここ数日、明らかに様子がおかしかったから」

クウィンは即答するけれど、それだけでわたしの魔晶症が再発したと見抜けるわけがない。

表情は完璧《かんぺき》に作っていたし、話に来ていた子たちに気づいた様子は一切《いっさい》なかった。

クウィンと顔を合わせたのも迷宮調査の日……魔晶症の再発前が最後。

「疑ってる目だね。でも、それが事実。キミの事情はほとんどの人が知ってる。魔晶症に罹《かか》りながらも、奇跡的に症状が停滞した公爵令嬢。真っ先に挙げられる可能性だよ」

「……鎌をかけられたわけですか」

「バレるのは時間の問題だと思うけど？　目につきやすい場所に結晶化の症状が出てないだけ。症状の進行速度は日数を考えると相当早いよ。揺り戻しなのかな」

その可能性はわたしも頭の片隅にあった。

魔晶症は数年ほどの時間をかけて進行する。

こんな数日で目に見える変化があるのは、はっきり言って異常。わたしが他の魔晶症患者と明確に違う点は、ウィルくんの神代魔術で一時的に症状が止まっていたこと。

もしかすると、原因はそこにあるのかもしれない。

「そこについてはクウィンはわからない。出来るのは気休め程度の治療と、決闘祭までの時間稼ぎ。クウィンはキミが舞台で戦っている姿を見たい。身も心もボロボロになってまで目指す意味があったのかも含めて、ね」

言って、クウィンは短杖《たんじょう》を取り出した。

「母なる海の安らぎを『凪心身《カーマイド》』」

杖の先端に生まれた雫《しずく》がわたしの額に滴《したた》る。

一瞬だけ感じる冷たさ。

その後、身体を蝕《むしば》んでいた痛みが僅かに和らぐ。

そして、心なしか思考も鈍くなった気がした。

「わたしに出来る気休めはこれくらいかな。痛みを和らげてるんじゃなく、感覚を鈍くしてるだけだから」

「……ありがとうございます」

治癒系の水魔術が使えるなんて知らなかった。

普段は表に出さないだけで相当な実力者なのかもしれない。

もしかすると、ウィルくんと同じように成績をコントロールしているのかも。

「あ、フェルズくんのことは二人に話さないでね。そういう契約なの。弱みを握ったとも言えるかな」

「……そうですか」

あのフェルズ様の弱みはちょっと気になるかも。

でもそれ契約じゃなく脅迫じゃないの……？

助けられた手前、不義理は働きたくないから今の話は聞かなかったことにするけれど。

「それにしても、公爵令嬢って案外バカなんだね。常識よりも個人的な感情を優先するんだもん。クウィンはそういうの好きだけど」

「……やっぱりバカだって思いますか？」

「お利口さんに生きてきた公爵令嬢が命がけで舞台に立って争うなんて、劇の脚本みたいでいいんじゃない？」

大抵、悲劇として語られるけれど。

最後に付け加えたクウィンの言葉に渋い顔になってしまう。

「でも、悲劇のヒロインを演じるなら、ちゃんと演じ切らないと。二人に差し伸べられた手を払う覚悟はある？」

クウィンに言われ、想像してみる。

二人に魔晶症のことがバレて、今すぐに治そうとウィルくんがわたしに手を差し伸べる。

手を取れば安寧は保たれる。けれど、二人の背を追うだけの日々がまた始まる。

二人の幸せを、わたしは偽りの笑顔で祝福し続ける。

――胸を焦《こ》がすほどの嫉妬と羨望を、仮面の裏に隠しながら。

「……あるつもりですよ。二度目はないとわかっているので」

「損な役回りだね。キミも、クウィンも道化。手のひらの上で踊って、笑われるような配役。……でもさ、それだけで終わるなんてつまらないと思わない？」

◇

「落ち着かなくて眠れないって顔だな」

決闘祭前夜。

夜中にふと起きると、いつかと同じくベランダで外を眺めるリリーシュカを見つけた。

長い丈の白いネグリジェに、緩く結わえて前に流した銀髪。

俺の声に反応して振り返り、星の浮かぶ夜空を背負うリリーシュカは、深窓《しんそう》の令嬢然とした雰囲気を湛《たた》えている。

「……子どもみたいって言いたいの？」

「いや？　意外と純粋なところもあるんだなと」

「学園行事に自分から出るなんて初めてだから」

「俺も同じだな。レーティアに連れられて観戦はしたことがあるが」

「……ティア、大丈夫かしら。昨日今日と姿を見ていないし」

レーティアは昨日から授業にも出ていない。

あの真面目《まじめ》なレーティアがサボるとは考えにくい。

だったら体調不良の線が濃厚になるが……

「お見舞いとか行った方が良かったかしら」

「本当に体調不良ならレーティアはうつさないように追い返しそうだ」

レーティアは人に気を遣いすぎな節がある。

それが長所であり、短所でもあるのだが――

チリンチリン、と部屋の呼鈴が鳴った。

こんな時間に誰だ？

部屋を訪ねてくる相手の絶対数は少ない。

リリーシュカと顔を見合わせ、二人で深夜の来訪者を迎えると……どう見ても部屋着姿のクウィンが佇《たたず》んでいた。

遊びに来た……わけではないだろう。むしろ眠たそうに目元を手の甲で擦《こす》っている。

「……こんな時間に突然の来訪なんてマナーがなってないいんじゃないか？」

「それについては謝るよ。でも、どうしても顔を合わせたいってこの娘がね」

ドアの影から現れる人影。

それは俺たちが良く知っている、変わり果てた少女の顔。

「——ティア、なの？」

リリーシュカの問う声は震えていた。

レーティアは穏やかな笑みを浮かべて、

「たった数日話していないだけなのに、なんでこんなに懐かしく感じるんだろう。久しぶりだね、二人とも」

何事もないかのように笑ったのだ。

そんなこと、出来るはずがないのに。

「……レーティア、再発したのはいつからだ？　頰《ほお》の赤い結晶はそういうなんだろう？」

陶器のような白い頰に飾られた、指の先ほどの大きさの赤い結晶。

それはレーティアの左目に嵌《はま》っているそれと同じ色と輝きで。

どこか申し訳なさそうにレーティアが笑む。

「正解。症状が出始めたのは迷宮調査から帰ってからだよ」

「……なんで黙っていた」

「バレたらわたしが決闘祭に出るのを止めるでしょ？」

「決闘祭の出場を止めるだけじゃなく療養させる。無理やりでもな」

多少強引な手になっても仕方ない。

魔晶症の症状を抑えるには俺の神代魔術が必要だ。

レーティアの手を取ろうとして、

「――ダメだよ、それは」

クウィンが俺の手を叩《たた》き落とす。

さっきまでの眠たげな雰囲気はどこへやら、気迫のようなものすら感じる。

「……クウィン、なんの真似《まね》だ。レーティアは魔晶症の症状が再発しているんだぞ？」

「そんなにすぐは死なないよ。辛いとは思うけど、命より矜持を優先する瞬間があるの。レーティアちゃんにとってそれが今みたい」

「……ごめんね、ウィルくん。今回だけは見逃して。決闘祭が終わったら、ちゃんと治療を受けると約束するから」

その言葉に嘘《うそ》はないのだろう。

だからこそ疑問が募る。

命を懸けてまでレーティアは一体何がしたい？

「――宣戦布告と受け取っていいのかしら、ティア」

黙って話を聞いていたリリーシュカが急にそんなことを言い出す。

「リーシュはわかってくれるんだ」

「誰かのせいでわかるようになったのよ」

「……なんでそれで俺に矛先が向く？」

「女同士でしかわからないこともあるの。でも……ティア、本当に大丈夫なの？」

「決闘祭までは多分、ね。意地でも出るつもりだけど」

魔晶症は意地とか根性とか、精神論でどうにかなるものじゃない。レーティアは平気な顔をしているが、激痛に苛《さいな》まれているはず。

表情に出ないのは公爵令嬢としてレーティアが培ってきた技術の賜物。

それがいいのか悪いのか、俺には断ずることが出来ない。

「あと、クウィンちゃんのことも悪く言わないでほしい。二人は信じられないかもしれないけど、色々助けてもらっているから」

「決闘祭までクウィンが無事に見届けるよ。その後のことまでは関知しないけどね」

必要なことは話し終えたと言わんばかりに「またね」とクウィンが手を振る。

「――ウィルくん、リーシュ。楽しみにしてるよ。手加減なんてされたらわたし、凄《すご》く怒っちゃうかも」

なんて照れくさそうに言われては、俺とリリーシュカは何も言い返せなかった。

まるで日常の延長線。

気負った雰囲気は欠片《かけら》もなく、希望に満ちた表情で。

二人が去る靴音。

扉もばたりと閉まって。

「――勝つわよ、ウィル。そしたらティアの魔晶症をどうにかできるんでしょ?」

「わかってる」

「やる気になったのかしら」

「出さざるを得ないだろ。人命がかかってるのは話が別だし、それが大切な相手なら言うまでもない」

レーティアはこんなになった俺を見捨てず付き合い続けてくれた。根の部分が腐らなかったのはレーティアの存在が大きい。

独りだったら、どうなっていただろう。

きっと今よりまともじゃない毎日を自堕落に送っていたはずだ。

だから俺は――

「何が何でも勝ってやるよ、レーティア。それがお前の望みなら」

この世界には、ぶつからないとわからないこともあると知ったからな。

第四章 ◇ 決闘祭

決闘祭、当日。

開祭式が行われる決闘場は空席が見当たらないほど生徒で埋め尽くされていた。歓声が幾重にも重なりすぎて、会話ではなく雑音として耳に入ってくる。

しかしそれを差し置いて、気になることが一つだけあった。

左隣に座っているのはリリーシュカ。

なんとも言えない難しい顔をしながら俺《おれ》の右へ視線を流している。

俺もそろそろいいだろうと、右隣に座る相手へ向き直った。

「――昨日あんな別れ方をしたのに、決闘祭を一緒に観戦しようって持ち掛けられるのは正直意味がわからないんだが」

「それはそうなんだけど……」

「どうせ試合までは暇でしょ？　だったら楽しい方がいいよね」

レーティア、クウィンの順で答えられ、苦い顔をしてしまう。

昨夜、俺たちはレーティアの魔晶症が再発していたことを知った。

そんな身体で決闘祭へ出場しようとするレーティアを止められず、リリーシュカと勝とうと話をした矢先にこれだ。

「いや、普通に気まずくないか?」

百歩譲ってクウィンだけならまだわかる。

話を聞くに、レーティアを助けてもらったみたいだからな。

ただ、そこにレーティアも加わるのなら話は別だ。

「喧嘩《けんか》別れをしたわけでもないのにね」

「……ティアの体調は大丈夫なの?」

「本当なら試合開始まで休んでいた方がいいのはわかってるけど……最後になるかもしれないなら、二人とも一緒にいたいなあって」

「そういうことだから楽しませてあげて。辛《つら》い痛みを忘れられるようにね。クウィンの魔術と鎮痛剤では限度があるから」

「……ここまで言われたら仕方ないわね。ウィルも頼むわよ」

リリーシュカはこの奇怪な状況を受け入れたらしい。それはひとえにレーティアの意思を尊重してのこと。

でも、俺はそこまで楽観的にはなれそうになかった。

「レーティアが倒れたらこっちも勝手にさせてもらうからな」

「それでいいよ。どの道、倒れたら魔晶症のことも周りにバレちゃうだろうし」

「ノイが知ったら意地でも止めるぞ」

「かもね。わたしたちのこと、ずっと前から知ってるもん」

懐かしい話だ。

ノイが俺に魔術を教えていた頃、レーティアも一緒に教わる機会が何度かあった。

かなり可愛《かわい》がられていたため、魔晶症に罹《かか》ったと報《しら》されたときノイも面食らっていた。

そんなノイに魔晶症の再発を知られたらどうなるかなんて火を見るよりも明らかだ。

「あ、開祭式が始まるみたいだよ」

決闘場の中央へ向かって、ノイが拡声器の魔道具を持ちながら歩いていた。

中央に辿《たど》り着くと、一旦《いったん》ぐるりと観客席に座る生徒を見渡して、

「──皆の者、よくぞ集まった。クリステラ王立魔術学園学園長ノイ・ヤスミンの名において、決闘祭の開催を宣言する！」

高らかな宣言。

観客席が沸《わ》き、盛大な歓声に包まれた。

「決闘祭は六日間に亘《わた》って開催される。初日に当たる今日は一回生と二回生のトーナメント戦が準々決勝まで行われる！　準決勝、決勝は後日じゃ。魔術師の卵たちよ、日々の学園生活で研鑽《けんさん》を積んだ力を見せてみよ！」

煽《あお》り文句まで添えるあたり、なかなか気合いが入っている。

「……なんだあれ。かっこつけすぎだろ」

「学園長も楽しいんだと思うよ？」

「超級魔術師《スペリオル》からの激励なんてそうそう受けられるものじゃないわ」

「その割にウィルは全く興味なさそう」

「何年も魔術を直接教えられていたらな」

ノイが魔術師として優れているのは認めよう。

だが、人としても優れているかと聞かれると……微妙だ。単に俺にだけ厳しいのかもしれないが。弟子の出来が悪かったら色々言いたくなるのも気持ちはわかる。

俺もこんなやる気のない王子を弟子にするなんてお断りだし。

その後にも注意事項なんかの伝達があり、開祭式は恙《つつが》なく終わった。

「開祭式も終わったことだし、まずはトーナメント表を確認するか」

「決闘場前に掲示されるのよね」

「どこで二人と当たるのかなぁ……楽しみ」

「レーティアちゃんは気を付けてね。あんまり人とぶつからないように」

「……ありがとう、クウィンちゃん」

クウィンがそっとレーティアの手を取って立ち上がる。

完全にクウィンを信頼しているのだろう。

二人の間にこれまでは接点はなかったと思うのだが、この数日でここまで仲を深めるとは。

「ウィル、クウィンのことを見てどうしたの？　大体考えていることはわかるけど。クウィンとレーティアちゃんは共犯者。お互い目的のために協力してるだけ。だからこそ裏切らないし、裏切れない」

「……でも、わたしはクウィンちゃんのことを友達だと思ってるよ？」

「そう思うのはキミの勝手。悪い気はしないけどね」

純粋な好意による言葉にもクウィンは素っ気なく返す。表情も変わっていなくて、何を考えているのかが本当にわかりにくい。

それでもレーティアがここまで心を開いているのはクウィンの行いが大きいと思う。

共犯者と表現したが、クウィンはレーティアが決闘祭の舞台に立てるように動いている。

俺たちと同じく開祭式を見終え、出ていく生徒に巻き込まれないようタイミングを見計らって決闘場の外へ。三人でレーティアを囲み、人を寄せ付けないようにしていたら「過保護すぎだよ」と笑っていた。

そして掲示されたトーナメント表に目を通し――

「……これ、俺もリリーシュカもレーティアと当たるのって決勝じゃないか？」

「ウィルと戦う方が早いなんて思わなかったわ」

「なら、わたしは決勝まで勝ち進まないと」

意気込むレーティア。

果たして魔晶症の症状を抱えながら決勝まで勝ち進めるのだろうか。

俺かリリーシュカのどちらかと当たる前に負けるか、倒れる可能性の方が高いんじゃないか。

そんな推測ばかりが脳裏をよぎる。

「ウィルくん、わたしが決勝まで勝ち抜けないとか、途中で倒れるんじゃないかとか考えてる？」

「……よくわかるな」

「そのくらいお見通し。でもね、体力には自信があるから。──もし心配ならわたしから目を離さないで。何が起こっても、絶対に」

ふふん、と自信ありげに笑うレーティアは、俺の知らない魔術師の貌《かお》をしていた。

「……それはそれとして、みんなで色々見て回ろうよ。決闘祭、お祭りだもん。出店《でみせ》もいっぱいあるし、年に一度だから楽しまないと損じゃない？」

なんてちゃっかり言われれば、付き合う以外の選択肢はなかった。

決闘祭の期間中、学園の敷地内にはいくつもの出店が立ち並ぶ。

生徒が出店《しゅってん》したり、外部の店が許可を得ている場合もある。

「クウィンが誘った。弱みをちらつかせたら一発」

立派な脅迫ではなかろうか。

俺をしてフェルズに同情せしめてしまう理由だった。

どんな弱みをちらつかせたのだろう。フェルズに弱みらしい弱みがあるとは思えない。

可能性としてあり得るのはクウィンが俺とフェルズの決闘の件を知っていて、負けたのを吹聴《ふいちょう》されたくなければ手を貸せ——みたいな流れか？

「弱みのことは言わないよ。そういう契約だから」

「……なら聞かん。今度会ったら礼くらい言っておくか」

「ティアを助けてもらったんだもの。私も行くわ」

フェルズからしたら俺たちには会いたくないだろうけどな。

「……それはそれとして、ティア。決闘祭が終わったら話があるから」

「奇遇だな。俺も同じことを思っていた」

「あはは……お手柔らかにお願いね？」

無理な話だ。残念だけどレーティアには覚悟していてもらおう。

それもこれも、決闘祭を無事に終えられたらの話だが。

隣を歩くレーティアを見る。表情に辛そうな雰囲気は微塵《みじん》もない。

しかし、目に見えずとも魔晶症は進行している。

こんなに近くにいるのに何も出来ない自分が嫌になる。力があっても使えなければ意味がない。でも、レーティアの意思を踏み躙《にじ》ってまで強引《ごういん》に治したくはない。

俺にレーティアは一人の人間で、俺の所有物ではないから。

レーティアの一生を背負えるだけの覚悟があれば、こうはならなかったのかもしれない。

それでも今は……やる気なし王子の俺にも立場がある。

レーティアの気持ちを知りながら目を背《そむ》け続けるのは申し訳なく思う。

抱える思いを言い出せばキリがなく、どうしようもないとわかっているが。

「あ、あれ見て！　この前ウィルくんに貰《もら》ったチョコレートを使ったお菓子、だよね？」

声に釣られて視線を追えば、甘い香りを漂わせる出店があった。

店の前にはそれなりに列が作られている。

人と人の隙間《すきま》から店の様子を窺《うかが》う。

看板に書かれた店名は街にあったものと同じ。扱っていたのは薄くカットしたフルーツをチョコレートでコーティングした一口大のスイーツ。

外部からの申請で出店されているのだろう。

まだクリステラでは物珍しいそれに人が集まるのは自然なことだ。

「食べるなら買ってくるけど、どうする？」

「どうせならみんなで並ぼうよ」

「選んでいる時間も楽しいわね」

「……ウィルのおごり？」

「それでいいから好きなのを選んでくれ」

やった、とクウィンが喜ぶ。

王女ならこれくらいの出費は気にしなくてもいいだろうに。

並んでいる間に思い思いのものを選び、纏《まと》めて支払いを済ませる。

小さな包みに入れられたチョコレートの菓子からは甘い香りが立ち上っていた。

邪魔にならないよう店から離れてから包みをそれぞれに配り、開けてみる。

俺が頼んだのはオレンジ。

薄く切られた一枚を摘《つ》まみ、口へ運ぶ。

「……なるほど。チョコレートでコーティングしているだけじゃなく、フルーツが砂糖漬けになっているのか。その分チョコレートの甘さは控えめ、と。フルーツの酸味があるからか食べやすいな」

「私のリンゴも美味《おい》しいわ」

「流行《はや》るのも頷《うなず》ける美味しさだね」

「……買い溜《だ》めしておきたいくらい」

三人ともお気に召したらしい。

特にクウィンの反応がいいように見える。

昼食と言い張ってパンケーキを食べるくらいの甘党だからな。

「……みんなで交換したら色んな味が楽しめる？」

「いいな、それ。これだけの出来だと他の種類も気になってたし」

「なら――ウィル、口を開けなさい。食べさせてあげる」

扇形に切られたリンゴのチョコレートが、リリーシュカの手によって口元へ差し出される。

……衆人環視《しゅうじんかんし》の前でこれを俺に食べろと？

食べるのは、まあいい。それを人前で強要されるのは俺でも躊躇《ためら》いを覚える。

案の定、周囲から厳しい視線が向けられていた。

ほとんどの理由は嫉《ねた》みや僻《ひが》み。

というのも魔術学園に通う生徒の半数以上は貴族の子女。自由恋愛なんてほとんど存在しない社会で生きる人間だ。その筆頭とも呼べる王子の俺がこんなのを見せつけていたら……まあ、こんな反応でも仕方ない。

「あ、ずるい。わたしも！」

リリーシュカのそれにレーティアまで便乗し、レモンのチョコレートも差し出される。

チョコレートは二つ、俺の口は一つ。

どちらかを選ばなければならないらしい。

……絶対選ばなかった方から小言を言われるよな？

「……よくやるね、二人とも」

一人だけ冷めた目のクウィンの存在が今はありがたい。

自分の常識が間違っていないのだと再確認できる。

「――でも、面白《おもしろ》いからクウィンもやる」

にい、と笑って態度が一変。

クウィンまで悪乗りし、ナッツのチョコレートが口元へ。

……そうだった、クウィンはこういうのには乗ってくる奴《やつ》だった。

ある意味、一番の危険人物。

「ウィル、誰《だれ》を選ぶの？」

「わたしを選んでくれたら嬉しいな……なんて」

「クウィンもそういうこと言った方がいいの？」

究極の三択。

誰を選んでも角が立つ。

この中で一番当たり障りのない選択肢は――

「……全部一緒に食べたらダメか？」

「優柔不断が過ぎるわよ」

「誰も選ばないのはちょっとなあ」

「面白くないね、その答え」

三人から非難されつつも最終的にリリーシュカのチョコを初めに食べて事を落ち着かせるのだった。

『まもなく一回生の試合が始まります。出場生徒が時間内に現れなかった場合、不戦敗となりますのでご注意ください』

しばらくすると拡声器の魔道具による放送が入り、もうそんな時間かと思い当たる。

「一回生の試合が始まるらしいな」

「流れを掴《つか》むために何試合か見ておきたいわね。決闘祭に参加するのは初めてだし、去年は寮に籠《こも》っていたから」

「俺より縁がない人間を初めて見たかもしれないい――――っ」

脇腹《わきばら》に衝撃。リリーシュカの肘《ひじ》が突き刺さる。

本気じゃないから大した痛みはない。

「わたしは……ちょっと休もうかな。本当はみんなで観戦したかったけど……」

「気にしなくていいのよ。決闘祭は明日もあるんだから」

「そう、だね。じゃあ、わたしは寮で休んでいようかな」

「クウィン、レーティアに付き添ってもらえるか?」

「その役割ってウィルでもいいよね。多分、レーティアちゃんもウィルが一緒にいるのを望んでいると思うけど」

違う? とクウィンがレーティアに確認。

逸《そ》らした顔がほのかに赤い。伸びた手が、俺の上着の裾《すそ》を摘まんで、

「……お願い、ウィルくん。少しだけ傍《そば》にいてくれる?」

上目遣《うわめづか》いでささやかなお願いを口にする。

リリーシュカは観戦、クウィンは俺に押し付けると言った以上、俺がレーティアに付き添うしかない。

一人にする気は全くなかったが……本当にいいのだろうか。

「私のことは気にしないで。折角《せっかく》だから二人で色々話してきなさい。クウィン、行くわよ」

「クウィンもリリーシュカちゃんと話したいから丁度いいね」

「なら、うん。そうさせて貰おうかな——」

言い切る前にレーティアの身体が傾く。すぐに気づいた俺が身体をそっと支える。

細くて軽い、華奢《きゃしゃ》な体軀《たいく》。

魔晶症と戦うには不安が残るそれがレーティアの持ち物。

「……ありがとう、ウィルくん。目眩《めまい》がして、さ」

僅《わず》かに呻《うめ》きながら瞑《つむ》っていた目を開ける。

顔色がいつもより白い。焦点もどことなく合っていないように思える。

「……歩かせるのも考えものだな。背負っていくか？」

「それを他の人に見られるの、かなり恥ずかしいなあ……」

「言ってる場合か。ほら、背中に乗れ」

屈《かが》んでレーティアに背を向けると「ごめんね……？」と一言置いて重さを感じた。

腕が首のあたりで組まれる。けれど、しがみつく力も残っていなそうだ。

「落ちないように支えるからな」

そんなレーティアの尻《しり》を腕に乗せると、か細い声が耳元で響いた。

感じる柔らかさを極力意識から排除して立ち上がり、

「二回生の試合が始まる頃に戻ってくる。二人も楽しんでくれ」

「遅れないでね？」

「不戦敗なんて面白くない幕引きは嫌だよ」

「わかってる」

二人と別れ、レーティアを背負ったまま寮へと向かう。

レーティアの身体に負担をかけないよう、慎重な足取りで。

すれ違う生徒には驚かれ、姿が見えなくなるまで目で追われるのを感じる。

さもありなん。

俺とリリーシュカなら理解が及んだかもしれないが、背負われているのは才色兼備の公爵令嬢として知られるレーティアだ。

加えて俺はリリーシュカという婚約者がいる身。なにかあったのだろうかと勘繰る材料としては不足ない。

「……ウィルくん、重くない？」

「ん？　ああ、これくらい何でもない」

「ならいいんだけど……」

声がしぼむ。うなじに当たる吐息がこそばゆい。

それがまだ、レーティアが生きているのだと教えてくれる。

それきり会話はなく、遠くなるざわめきを聞きながら寮に着く。

まさかリリーシュカの部屋を借りるわけにもいかず、俺の部屋のベッドにレーティアを寝かせた。

「眠かったら寝てもいいぞ」

「……そんなこと言って、試合の時間になっても起こさないつもりでしょ」

「信用がないな。そうしたいのは山々だが納得しないだろ？」

「…………優しさも考えものだね。わたしみたいに弱いと、ダメだとわかってても寄りかかっちゃう」

ふにゃり、力無く笑う。

「……ウィルくん、上着を脱がせてもらってもいい？　なんだか寝にくくて」

「それを俺に頼むのはどうなんだ？」

「身体を動かすと痛むの。だから、お願い」

「……なるべく身体に触れないようにはするが、文句は受け付けないぞ」

「ウィルくんならいいのに……」

レーティアの冗談は無視して、まずはそっと身体を起こさせる。それから羽織っていたケープを取り、制服の上着のボタンも外す。腕を一本ずつ袖《そで》から抜くのも一苦労だ。

「……難しいな、これ」

悪戦苦闘しながらも時間をかけてなんとか上着も脱がし終えた。

「ありがとう。……うん、この方が楽かも」

そのままレーティアは首元のリボンタイも取り、ブラウスのボタンも一つ二つと開けて、やっと満足したのか息をつく。

開けられた襟《えり》。

珠のように白い肌と、浮かび上がった赤い結晶の対比が鮮やかで、痛々しい。

「……レーティア」

「なに？」

「間違っても男の前でするような恰好《かっこう》じゃないと思うぞ」

「ウィルくんでもドキドキしちゃう？」

「ルチルローゼ家にバレたらどうなるのか考えたら不安で夜も眠れそうにない」

「……肝心なところを誤魔化《ごまか》すのは良くないと思うなあ」

なんのことやらさっぱりだ。

しかし空元気《から》だったのか、レーティアはおずおずと横になった。一度目を瞑り……薄く開けた金色の瞳《ひとみ》がぼんやりと俺を映す。

心細さを訴えるかのような視線。

その姿が記憶と重なって、

「……これでいいのか？」

伸びかけていたレーティアの手を両手で包む。

痛みを与えないように、優しく。

「…………どうしてわかっちゃうのかな、ウィルくんは」

滲《にじ》んだ涙が頬《ほお》を伝う。

ああ、やっぱり、あの時と同じだ。

「思い出しただけだ。魔晶症に罹ったばかりで泣いていたレーティアの手を握って慰めたことがあっただろ？」

「……そうだね」

肯定する声は、震えていて。

「……何年と時間が経《た》っても、わたしは弱いまま。二人に追いつきたくてあんなことを言い出したのに、結局みんなを心配させて、迷惑ばかりかけて——」

そんなことはない——喉元《のどもと》まで出かかった言葉は、それを見た瞬間につっかえた。

痛々しく罅《ひび》割れていく手の甲。その亀裂を血のように赤い結晶が埋めた。

魔晶症の結晶化……あまりにも早い症状の進行を目の当《ま》たりにして、本当にレーティアを決闘祭に出場させていいのかと迷いが生まれる。

そして、くしゃりとレーティアの表情が歪《ゆが》んだ。

感情の枷《かせ》が外れ、胸の内に秘めていた悲観が露《あら》わになって。

「こんなわたしに、生きている意味ってあるのかな」

その言葉を皮切りに泣き出したレーティアを、俺は傍で見守るしか出来なかった。

「落ち着いたか？」

ひとしきり泣いたレーティアに声をかけると、涙声で「うん」と頷く。

俺はレーティアが泣いている間、見守ることしかできなかった。

かけるべき言葉が見当たらず、レーティアの人生を背負えない俺には資格もない。

これは不安が爆発《ばくはつ》した結果。不治の病である魔晶症が再発し、死の恐怖が間近に迫れば、精神が不安定になるのも理解できる。

この歳《とし》の少女が背負うには辛すぎる現実だ。

リリーシュカやクウィンと離れたことで緊張の糸が切れてしまったのだろう。

守り通そうとした秘密を明かす気は俺にもなかった。

「……勘違いしないでほしいのは、わたしは死にたいわけじゃないの。生きる意味がわからなくなっただけ」

神妙に語るレーティアだが、俺はそうは思わない。

「生きる意味ってそもそも必要か？」

「…………え？」

「俺の望みは一生働かず三食昼寝付きで生活することなんだが――これ、なんの意味もないだろ。穀潰《ごくつぶ》し扱いがいいとこだ」

「……それは確かにそうかもね」

「だろう？　難しく考えすぎなんだよ。生きることに意味はない。あるとすれば、生きて何をしたいか、だ。それもこれも俺の勝手な持論だがな」

俺の生き方が誰かの役に立つことはないだろう。これは自分が最優先で、周りの事情なんて欠片《かけら》も斟酌《しんしゃく》していない身勝手な欲。

だから理解されなくていいし、理解されるとも思っていない。

それでも言いたいことは頭のいいレーティアになら伝わるはず。

「レーティア、明日の話をしよう」

「……明日？」

「今は希望が見えていないから生きてても意味がないとか言い出すんだ。言葉にしろ。自分がやりたいことを。──レーティアは明日、何がしたい？」

「…………」

問いかけると、レーティアは目を瞑って考え込む。

数秒、数十秒と時間が経《た》って。

ゆっくりと瞼《まぶた》が上がる。

金色の瞳はどこか遠くを見ていた。

「みんなで並んで、観戦がしたい」

言葉が、零《こぼ》れる。

「それから食事も、したい。またね、って約束したから」

一つ溢《あふ》れれば、止まらない。

「あとは……ちゃんと叱ってほしい。怒ってほしい。わたしが二度と、こんな馬鹿《ばか》なことをしないように」

「言われなくてもそのつもりだ」

そこは俺もリリーシュカも譲る気はない。

「──でも、一番やりたいことは秘密」

人差し指を口元に添えて微笑《ほほえ》む。

もう、表情に悲壮感はなかった。

「それだけ言えれば上出来だ」

「褒めるなら言葉よりも行動で、じゃない？」

「……なにをしろと？」

「頭を撫《な》でてくれたりしたら色々忘れられそうな気がするなあ」

少しだけ、前に頭を差し出してくる。

無防備なそれに、ため息を一つ。

「早速いいように使ってるな」

「ウィルくんが言ったのはこういうことでしょ？」

「違いない」

言われた通りに頭を撫でると、心地よさそうに目を細める。

小動物みたいだな。

「……リーシュが知ったら嫉妬《しっと》されちゃうかも」

「そうか？　リリーシュカなら『触らないで』くらいは言いそうだが」

「女の子の言葉は言葉通りの意味じゃないよ」

「……俺には一生わかりそうにないな」

「ウィルくんは目を逸らしてるだけ。本当はわかってる。じゃないとわたしにあんなことは言えないと思うなあ」

生温かい視線。

本当にそうだろうかと自分に問いかけるも、答えは出ない。

「わたし、この前ウィルくんと一緒にダンスを踊った時に言ったよね。『この瞬間だけはわたしのために踊ってくれる？』って」

「……それがなにか？」

「最近よくわかったんだけど、わたしは欲張りみたい」

頭を撫でていた俺の手を払い、レーティアが起き上がる。

ベッドの縁に座って視線は真っすぐ俺へ。頬に手が添えられる。

ぎこちなく探るような指先。

徐々に、レーティアの顔が近付いてきて――

「………やっぱりちょっと、恥ずかしいね」

ぱっと距離が離れ、誤魔化し笑い。

「ウィルくん、わたしの部屋まで送ってもらってもいい？　化粧が崩れちゃったから直さないと。大泣きしたのがバレたら恥ずかしいし」

納得の理由を告げられては、レーティアを連れていくしかなかった。

「また背負っていくか」

「頼りにしてるね、わたしの王子様」

◇

一回生の一回戦が始まる前に決闘場に到着した私とクウィンは、空いている席に並んで座って試合開始を待っていた。観客の声が決闘場に満ちていたけれど、私たちの周りは他と比べると静かな気がする。

私がいるから？　それともクウィンのせい？

……まあ、どちらでもいいわね。静かな方が私は嬉しいから。

それはそれとして――

「……クウィン、飲み物とか買ってもらってよかったの？」

既に観戦モードに入り、レモネードを飲んでいたクウィンに聞く。もう片方の手には包みにくるまれた焼き菓子。それと同じものを私もクウィンに渡されていた。

「観戦するだけじゃ退屈でしょ？」

「そうでもないと思うけれど」

「じゃあ、貰っていい？」

「……いただくわ」

別に要らないとは言っていない。

ありがたく私もアップルティーで喉《のど》を潤す。

「クウィンが言い出すのもどうかと思うけど、あの二人と別れてよかったの？」

「……腰を据えて話す時間が必要だと思ったのよ」

「かもね。二人がどんな関係だったか知ってる？」

「元婚約者でしょう？」

「なら、レーティアちゃんがウィルにどんな想《おも》いを抱いているかわかるよね。知っていながら許したリリーシュカちゃんは、クウィンからすると慢心しているように見えるけど」

そんなことはない、と思う。

私は政略結婚の婚約者。

ティアは元婚約者で友人。

立場が変わっても、感情までは変わらない。

「王侯貴族の婚姻関係って政略結婚とか家の都合とか、どうしようもない経緯で結ばれるものなの」

「それがどうかしたのかしら」

「貴族の役目を果たしながら自由恋愛で結婚できるのは一握り。その自由も相手の都合が良かったとか、別の事情を加味して考えられることが多い。レーティアちゃんもその一人だった」

言って、焼き菓子をぱくり。

「……子どもの頃の二人は今より仲が良かったの。レーティアちゃんの魔晶症が奇跡的に治ってからはさらに。……ううん、依存と呼んだ方がいいかな」

「そうかしら。ティアは自立しているように見えるけど」

「表面上はね。公爵令嬢としてのレーティア・ルチルローゼは社交界の華。魔晶症の瑕疵《かし》すらものともせず、淑女の手本として有名かもしれない。でも、リリーシュカちゃんと政略結婚してからも、レーティアちゃんはウィルの傍を離れなかったよね。そんなに親密な雰囲気を漂わせていたら、何かしらの関係があると疑われてもおかしくないでしょ？」

「……ティアはそんなことしないわ」

「怒らないで。あくまでそう見えるってだけの話。事実はどうあれ、外部からは見えている情報でしか判別できないの」

政略結婚に愛はない。

けれど、人は本能的に愛を求める生き物だ。

私の神代魔術《プリミティブ》の代償が『愛されていた記憶の凍結』だからか、妙にそんな実感がある。

だから愛人を作ったり不貞をしたり、なんて話を聞くのかもしれない。それを理由に婚約破棄へ繋《つな》がることもあるはず。

私も理解しているつもりだった。

理解していても、ウィルへ好意を抱くティアを引き剝《はが》そうとはしなかった。

大切な人から引き剝せるはずが、なかった。

「あ、試合が始まるみたいだよ」

話は終わりとばかりにクウィンの関心が変わる。

『――これより決闘祭、一回生の第一試合を開始します！』

拡声器越しの声を合図に選手が入場。

やや緊張した面持ちの二人が見合い、開戦の時を待つ。

「リリーシュカちゃんは決闘祭のルールはわかる？」

「説明には目を通したわ。でも、ほとんど決闘のルールと同じよね。普通の決闘と違うのは魔術しか使えないことだけ」

「だから基本戦術は距離を開けての魔術の撃ち合い。でも、別に動いちゃダメなんてルールはないから体術は活かせる。ほら、あの子もそのつもりみたい」

開始の合図と同時、右側の生徒が姿勢を低くして蛇行しながら距離を詰める。

相手の生徒は『風刃《ヴィント》』で応戦するも、一撃として命中させられずに肉薄を許してしまう。

そのまま腹のあたりで発動した炎の魔術がクリーンヒットし、決着。

「……こんなに早いの？」

「これは極端かな。見ての通り魔術を撃ち合うだけじゃないの。読みが結構重要だったりするよ。魔術で距離を開けて戦うと思っていたのに、急に目の前に飛び込んで来たらびっくりするでしょ？」

ウィルがやりそうな奇襲だ。

魔術の幅と威力に劣るウィルは勝ち方を考える必要がある。

……迷宮で『首無し騎士《デュラハン》』と戦っていたときは誰が見ても優秀な前衛だったけれど、決闘祭では得意の剣が使えない。どうなるか見物《みもの》ね。

出来ることならウィルと再戦したい。

推薦入学試験の模擬戦では結局逃げ切られて引き分けだったから。

「ほら、第二試合が始まるよ」

頭の中で二人と当たった際の試合運びを考えながら、一回生の試合を眺めることにした。

◇

『一回生のトーナメントが終了いたしました。これより二回生のトーナメントの準備に入ります。出場選手は控室にお集まりください』

そんな放送を聞いて、俺とレーティアは決闘場へ向かっていた。

レーティアは俺に背負われることなく、自分の足で歩いている。寮の部屋で化粧を直している間も俺が離れることはなかった。

女性の部屋に居座るのはどうなのかと考えたが、倒れられるよりはいい。

レーティアもそれをわかっているのか俺を追いだしたりはしなかった。

「上手《うま》く隠せてるかな」

「至近距離で目を凝らさなきゃわからないと思うぞ」

化粧が上手く作用した結果、レーティアの顔色は普段のそれと変わらなかった。手の甲に浮かんだ結晶を隠すために指抜きの手袋まで着けている。

強いて言えば動きが少々ぎこちないだろうか。

親しい俺から見てもその程度の違和感しか抱けない。

決闘場に到着し、出場名簿と照らし合わせて承認を得た後、控室へ。

中に入るともう半分くらいの選手が集まっていた。

途端に感じるピリピリとした視線と空気。俺も警戒されているのか？

やりにくいな……奇襲で何戦かは誤魔化すつもりだったのに。

そんな好戦的な生徒が集まった控室ですら近寄ろうとしない一角があった。

壁に背を預け、目を瞑って精神統一をする銀髪の女子生徒——リリーシュカ。

「リリーシュカ、待たせた」

一声かけると青い瞳が俺たちを映す。

俺、レーティアと順に確認して、表情が僅かに綻んだ。

「……時間を忘れて寝過ごしているのかと思ってたところよ」

「レーティアがいなかったら危なかったかもな」

「ウィルくんの寝顔を眺めるのも楽しそうだね」

「……本当に楽しいか？」

「頬を突きたくなるくらいには楽しいわよ」

俺には理解できない感性だ。

ひとしきり話して、リリーシュカが胸を撫で下ろす。

「ちゃんと休めたみたいね。でも、顔色がちょっと悪いわ」

「……化粧で隠してるのにわかるんだね」

「本当に大丈夫なの？」

「気力は充実してるよ。負ける気がしないくらい、ね」

元気だと示すように腕を上げる。

「何かあったみたいね」

「ウィルくんのおかげで凄くすっきりした」

「……ティアに何をしたの？」

何故《なぜ》俺が問い詰められる形になるのか。

間違いなくレーティアの言葉足らずが原因なのに、当の本人はえへへと笑っていた。

これ、狙《ねら》ってやってるな？

だったらこっちにも考えがあるぞ。

「何って、大泣きしたレーティアを慰めてただけだ」

「ウィルくんっ⁉」

勢いよく振り向くレーティア。

背伸びをして俺の口を塞《ふさ》ごうとしてくるが、絶妙にリーチが足りない。

これで誤解も解けただろう。

そう思ってリリーシュカを見たのだが……返ってくるのは冷たい視線。

「……最低ね、ウィル」

「今の流れで全部俺が悪いことにされるのか」

「…………ふふっ、冗談よ。ウィルがティアを泣かせるわけないじゃない。……ない、わよね?」

「ウィルくんが優しすぎて泣いちゃったから、ウィルくんのせいとも言えるのかな」

「じゃあウィルが悪いわ」

結論、有罪。俺の味方はいないのか。

それからしばらくは雑談をして過ごすと、係員が第一試合の生徒を呼びに来た。

「じゃあ、わたしは準備してくるね」

「私たちも観戦に行くわよ」

途中でレーティアを送り出し、控室との移動がしやすい近場の客席へ向かう。

しかしどこも埋まっていたため、邪魔にならない場所で立ち見をすることに。

『――これより二回生のトーナメントを開始します!』

放送が入り、レーティアと対戦相手の生徒がフィールドへ入場する。

「ティア、勝てるかしら」

「普段のレーティアなら大丈夫だろうが、今は……」

魔晶症がどこまでパフォーマンスに関《かか》わってくるかわからない。

そもそも勝敗より無事に帰ってくることを願うばかり。

見守っていると試合開始の合図が響く。

瞬間、レーティアの対戦相手を床から噴き上がった火柱が包み――炎が晴れると生徒が倒れていた。

『勝者、レーティア・ルチルローゼ！』

レーティアの勝利が宣言される。

「……ティア、こんなに強かったのね」

「戦略勝ちだな。派手な火柱は足止め目的。熱と炎で動きを止めて『衝撃《クラスト》』の魔術で昏倒《こんとう》させた。この分だと俺が一番危ういか？」

「そう思うなら頑張りなさい」

努力はするけど過度な期待はしないでくれ。

「まずは一回戦勝利おめでとう」

「いい勝負だったな」

一回戦を終え、控室で合流したレーティアへ労《ねぎら》いの言葉を贈ると、照れくさそうに頬を掻《か》いてみせる。

無事に勝てて緊張も解《ほぐ》れたのだろう。

「あの試合を見る限り順調に勝ち進みそうね。短期決戦を狙ったのは消耗を抑えるため？」

「それもあるかな。なるべく二人とは余力を残して戦いたいから。奇襲なら手の内もバレなくて済むし」

「基本戦術が俺と似てるんだよな。俺もレーティアも正攻法で戦うには不安が残る」

「対応策と選択肢を用意するのは得意だから」

これもノイからの教えだ。

純粋な魔術の腕で勝てないなら小細工を弄《ろう》するしかない。そして、小細工も極めれば立派な戦術として機能する。

「……そろそろリリーシュカの出番じゃないか？」

「そうね。勝ってくるわ」

当たり前のことをするかのような気軽さで控室を出ていく。

「大した自信だな」

「ほんとだね。リーシュが負けるとは思えないけど」

「相手に同情したくなる。トラウマにならないといいが」

「……治癒魔術が使える人は待機してるから大丈夫だと思うよ？」

苦笑するレーティアと一緒にリリーシュカの試合を観戦しに向かう。

少し待っているとリリーシュカと相手の生徒が入場する。

心なしか相手の表情が硬い……もとい、怯《おび》えているように見えた。可哀想《かわいそう》に、とは同情しない。彼も覚悟して試合に臨んでいるはず。

リリーシュカの実力は二回生ならば骨身に染みているのだから。

『──始めッ！』

開始の合図。

同時に相手の生徒が距離を詰めてくる。

リリーシュカ相手に魔術戦は不利だと結論付けたのだろう。

それは正しく、俺でも接近の判断をするが──

「それだけで倒せたら苦労しないんだよな」

相手の出方を窺っていたリリーシュカが手を前へ翳《かざ》すと、横一列に放たれた『氷結槍《フリーツェア》』が行く手を阻む。

単体に対して使う魔術を複数展開しての面制圧。

当然回避を試みるが、そこはリリーシュカも対策済み。

いつの間にか凍らせていた床で相手が転び、鼻先を氷の槍《やり》が掠《かす》めていく。

立て直す時間を与えずにリリーシュカが『氷結槍』を喉元に突きつけ、決着。

「リリーシュカは躓《つまず》かないか」

「やっぱり綺麗《きれい》だよね、リーシュの魔術。速く鋭く滑らかで無駄がない」

「純魔術師の理想形だ」

魔術師にとって真っ先に期待される役割は威力を活かした固定砲台。

どこに行っても重宝される魔術師としての花形だな。

「リーシュを迎えに行かないと」

「あまり動かない方がいいんじゃないか？」

「一回戦が終わったら体調が良くなっちゃって」

強がっているようには見えない。体調が良くなったと感じるのは戦闘への集中と興奮で痛みを上手《うま》く認識できていないだけだろう。

心配だが、俺も何戦か後に試合だ。リリーシュカを迎えに行くついでに待機し、レーティアを任せる形でいいだろう。

二人で入場口へ繋がる通路へ向かうと、試合を終えたリリーシュカが帰ってきた。

レーティアを預け、俺も出場の準備を進める。

係員が出番を伝えてきたところで入場。

客席を埋め尽くす観客。

されど俺を歓迎する雰囲気ではなく、どこか視線が冷たい。

「――――」

しかし、声までは届かずとも俺を応援している二人の姿が目に付いた。

客席の中腹には焼き菓子を片手に観戦をするクウィンもいる。

さらには最上段の席で偉そうに脚を組みながらフィールドを見下ろすフェルズの姿もあった。

あいつも観戦に来るとは。

「……二人が勝って俺だけ負けとか情けないにもほどがあるな」

フィールドに入場を終えた対戦相手の表情には自信が溢《あふ》れている。

幸運だ。楽な一回戦だな、とか思っているのだろう。

俺は落第寸前の落ちこぼれで、嫌われ者の王子。それを合法的に格付け出来る機会とあれば、喜び勇むのも頷ける。

相手の男子生徒と向かい合う。

顔は覚えていない。

当然、名前も。

「第七王子様。もし俺がボコボコにしても文句言わないでくださいね？」

「……当然だろう？　これは決闘祭で、俺とお前は出場選手で、どうあっても争う立場にある。その内容と結果を穢《けが》すことはない」

「へへっ、そりゃどうも」

彼は目に欲を滲ませながら、嬉しそうに鼻を掻く。自分が勝つ結果しか想定していない、慢心と油断だけが溢れた姿勢。隙だらけで、どこからでも攻められそうだ。

それが逆に誘われているんじゃないかと勘繰ってしまうものの……問題ないな。

『――始めッ！』

合図と同時に彼は詠唱に入る。

俺が魔術を苦手としているのは周知の事実。だから距離を開けて魔術の打ち合いで制しようと考えるのも論理的な勝ち筋だ。

そして俺は得意の剣も使えない。

しかし、魔術の補助具である杖《つえ》の使用は認められていた。

だったらいくらでもやりようはある。

「『刃纏《レイリア》』」

まず使ったのは魔力の刃を纏《まと》う魔術『刃纏』。いつもなら剣の刃を拡張するために使っているが、今回はそれを杖に纏わせた。

これを疑似的な剣とすることで近接戦を成立させる。

ルール的にはかなりギリギリを攻めている自覚はあるが、あくまで魔術師が使う杖に魔術を重ねて体術の延長線上として振るうだけ。

相手の魔術が行使される前に距離を詰める。

俺の奇策に面喰《く》らいながらも詠唱はやめない。迷えば倒されると理解しているらしい。

魔術を躱《かわ》し、刃を叩き込めば俺の勝ち。魔術をもろに喰らえば俺の負け。

問題は、彼が何の魔術を選択したかだ。

耳を凝らし、詠唱から魔術の推測を立てる。

「……………れろ……風……渦——」

魔術の詠唱は厳密に決まっているわけではない。詠唱の意義は言葉を介して魔術のイメージを補強すること。

それでも単語を拾えればおおよその目安くらいはつく。

タイミングが重要。

集中する。

発動の隙を逃さないように――

「『乱風渦《ウィンテクス》』ッ!!」

ぐい、と目に見えない二つの流れに身体が引っ張られる。

『乱風渦』……風の渦を発生させ、対象を吹き飛ばす中級魔術。

風魔術の利点は隠密性。視覚的に効果範囲が判断できないのは辛い。

……が、魔術であるならば、魔力が必ず含まれる。

それを追えば目に見えなくとも対処は可能。

とはいえ、言うは易く行うは難し。

魔術師は魔力感知を技術として修めているが、その精度には差がある。

しかし、幸いなことに俺は得意な方だ。『魔力改変《イリミティブ・メノン》』の影響もあるのだろう。

だからこそ、わかる。

勝利への道筋が。

「『障壁《シェルド》』」

風の流れを断つべく魔力の壁を展開。

中級魔術を止められるのは数秒程度か。

それだけの猶予があれば、事足りる。

一つの風の渦を止めている間にもう一つの渦が迫ってきた。

増していく風圧。足を取られ転ばないよう注意しながら躱して進む。

僅かに遅れて『障壁』を突破した渦は俺が数秒前に立っていた場所を通り過ぎ、風の影響が消える。

その頃には、俺は間合いに入っていた。

魔力の刃を纏った杖を振るう。いつもよりリーチが遥かに短いため、違和感を頭の中で修正。

首の側面に魔力の刃を添え、

「――まだやるか?」

狼狽《うろた》える彼に尋ねれば、困惑や憤慨、羞恥なんかの百面相を繰り広げた後に降参を宣言した。

二回戦以降のトーナメントも俺たち三人は準決勝まで勝ち進んだ。

俺は使えるものを何でも使っての辛勝。一回戦を見ていた奴らは油断すると足元を掬《すく》われると理解したのか、かなり堅実になっていた。

まあ、それならそれでいくらでもやりようはあったのだが。

リリーシュカは順当に危なげのない圧勝。圧倒的な実力は健在だ。

レーティアも魔晶症の症状がありながら勝ち残ったのは驚いた。

しかし勝利を重ねるごとに雰囲気から余裕がなくなっているように見えた。試合と試合の間は集まって話をしていたのに、それも一言二言で終わる。反応も鈍り、空返事が多い。

魔晶症の症状が辛くなっているのかと思ったが、試合で見せる魔術のキレは増すばかり。

命を削っていると言われても説得力があるほどだ。

限界以上の力。

その出どころは、まさか――

「お疲れさま、三人とも。みんな準決勝まで進出だね」

観戦していたクウィンが控室まで足を運んできて、拍手をしながら俺たちへ告げた。

「……クウィンから言われるとは思わなかった」

「これは結果に対しての称賛。いい演目を披露した役者に送るのは当然のことだよ」

「そうかしら。なら、素直に受け取っておくわ」

「それで、レーティアちゃんは大丈夫なの？」

「…………」

クウィンが椅子《いす》に座ったまま反応を示さないレーティアへ聞くも、やはり微動だにしない。

「呆《ほう》けている……ってより、集中しすぎてこっちの声が耳に入っていない感じ。常に痛みに苛まれているなら防衛本能みたいなのが働いているのかも」

「ただでさえレーティアの集中力は凄《すさ》まじいからな」

「この集中力がティアにとっての武器なのね」

「でも、このままだと帰れないから起こしちゃうよ」

クウィンが短杖を取り出し、しばしの詠唱。

小さな雫《しずく》を頭のてっぺんへ滴《したた》らせると――ぱちり。

瞼が瞬いて、金色の瞳に人間的な感情が灯《とも》る。

「……ぅ、あ、あれ？　わたし、みんなの声が入ってこないくらい集中してた？」

「今日の試合は全部終わったぞ。俺もリリーシュカも勝ち残った」

「そっか……よかった。勝ち進むにつれて自分の試合で頭がいっぱいになって、声も聞こえなくなるくらい集中していたみたい」

「病状はどう？」

「そっちは大丈夫。不思議と体が軽いくらいで……うん、自覚できるくらいには調子がいい気がする」

笑ってみせるレーティアではあるが、どこまでが真実かはわからない。

本当に調子がいいならいい。

けれどそれが錯覚だとしたら……。

「ウィルはレーティアちゃんのこと、心配？」

「当たり前だ。夜中に倒れられたりしたら――」

「なら、今日はみんなでウィルの部屋に泊まればいいんじゃない？」

「クウィンちゃんっ⁉」

クウィンの提案に驚いたのはレーティアだけ。

リリーシュカはいいじゃない、と頷いている。

クウィンの言う通り、レーティアが一晩部屋に泊まれば何があってもすぐに対応できる。

幸い使っていない部屋はいくつもある。寮の職員に伝えておけば必要なものを運び込んでくれるだろう。

「……レーティアが泊まるのはいいとしよう。だが、そのみんなにクウィンは含まれているのか？」

「別にどっちでもいいよ。ウィルがクウィンを信じられないなら一人寂《さび》しく夜を明かすだけ」

本当にどうでもいいと思っているような雰囲気でクウィンが告げる。寂しいと言うならそれなりの雰囲気を出して欲しいのだが。

俺からすればクウィンは得体のしれない、将来的に敵対するかもしれない王位継承権者の一人。しかし、どんな意図か不明ながらレーティアへ助けの手を伸ばした人物でもある。

疑念と功績を天秤《てんびん》にかけた場合、現時点では功績の方が上回る。

だからクウィンが俺の部屋に泊まるのは百歩譲って良しとするつもりだったのだが……当の本人はそこまで前向きではないらしい。

……という風に仕向けたい可能性もあるから、考えるのも面倒だ。

「クウィンは三人が……というかレーティアちゃんが決闘祭で戦うところを見られればそれでいいの。疑われたまま同じ部屋で過ごすのも窮屈だし、そもそも一人が好きだから」

「わたしはクウィンちゃんがいてくれた方が安心する、かな」

レーティアの一声がクウィンの言葉を遮《さえぎ》る。

二人の間に築き上げられた信頼が、自分は無関係だと突き放して立ち去ろうとするクウィンを繋ぎ留めた。

「二人は知らないかもだけど、クウィンちゃんはずっとわたしを気にかけていてくれたよ。朝も夜も傍にいてくれたし、授業の合間でも様子を見に来てくれて――」

「……そんなの当然のことだから。何のためにクウィンがキミを拾ってきたと思ってるの？全部クウィンが楽しむためなんだから、お礼なんていらない」

「こうも鮮やかな照れ隠し、中々見られないわね」

「照れてないから」

微笑ましい光景にリリーシュカも口を挟むと、むくれたクウィンが顔を背ける。

……なんにせよ、仲がいいのはいいことだ。

「クウィンも今日はいてくれ。その方が安心できる」

「……まあ、いいけど」

「こういう経験は全くないから楽しみね」

「じゃあ、折角だから三人の準決勝進出を祝して一旦お祝いするのはどう？　決勝戦が明日なのに気が早いとは思うけど……」

「いいんじゃないか？　英気を養う意味でもちょうどいい」

決まりね、とリリーシュカが最後に締めくくって、少し早いながらも寮で休むことになった。

◇

「――乾杯」

俺に合わせて三人もグラスを掲げ、「乾杯」と重なる声が静かなラウンジに響いた。

ラウンジのテーブルに並ぶのは普段のコース料理ではなく、自分で好きなだけ取り分けるバイキング形式の料理たち。それらを思い思い皿に盛り付けた後に一つのテーブルに集まり、準決勝進出を祝う食事会が始まった。

「準備の手配とか任せちゃってごめんね」

「俺の手間なんて大したことはない。料理を作ったのも、俺たちのためにラウンジを支度《したく》したのも寮の職員だ」

「コース料理じゃないのはティアとクウィンに気を遣ったの？」

「普段と同じように食べられるのかわからなかったし、あれが嫌これが嫌って食事中にいちいち騒がれるよりはいいかと思ってな」

「騒いだりはしないよ。無言でお皿の端に寄せるだけ」

……どの道残すなら初めから好きなものを取ってもらった方がいい。

体調の悪いレーティアが自分のペースで食べられるようにした結果でもある。

「あまり好き嫌いするのは良くないわよ？」

「背のことは気にしてないけど」

「誰も身長のことなんて言ってないんだが」

即答するあたり、多少なりとも気にしてはいそうだ。

クウィンは四回生……俺たちよりも二つ上ながら、この中では一番小柄。身長的には知り合いならノイと同じくらいだろう。

どちらが大きいかまでは実際に並んでもらわないと判別出来そうにない。

そんなことをしたらクウィンだけでなくノイからも不満をぶつけられそうだ。

「クウィンちゃんはそのままで可愛いよ？」

「……それは嬉しくない方の優しさ」

不貞腐《ふてくさ》れた風に言って、肉料理を口へ運ぶ。この間の食事会で見た通り一口が小さく、無言で咀嚼《そしゃく》する姿は小動物にも似ている。

レーティアも普段よりゆっくりと食を進めていた。

「……ちゃんと食べられそうか？」

「………食べるだけなら大丈夫だけど、痛みのせいで食欲はあんまりかな。折角美味しいものを作ってもらってるのに」

「気にするな。ちゃんと治ったらまた食事会をしよう」

「そうだね。でも、わたしの望み、一つ叶《かな》っちゃった。楽しい食事会で、みんなも、クウィンちゃんも一緒で……」

順に視線を送り、最後に胸を撫で下ろす。

「これだけで満足するなよ？」

「わかってるよ。明日は――わたしが勝つから。ウィルくんにも、リーシュにも負けない」

強い決意を込めた言葉。

守られるだけじゃない。自分も戦えるんだと示す姿に、レーティアの強さを垣間見た。

魔術師としての実力もさることながら、なによりも心が強い。

そんなこんなで食事会がある程度進んだ頃。

「あ、やっと来たみたい」

クウィンが声を上げてすぐ、ラウンジへ近づいてくる足音があった。

なにかと思い視線を向けると――

「……フェルズ？」

どういうわけか第五王子フェルズの姿が俺たちの様子を窺っていた。気づかれたのを察したフェルズが気まずさを表情に滲ませる。

口ぶりからしてクウィンが呼んだのかもしれない。クウィンに弱みを握られたままだから来るしかなかったのか？

フェルズとて俺たちと顔を合わせるのは避けたいはずだ。こほん――フェルズは距離を置いたまま咳払《せきばら》いで表情を繕い、いつもの怜悧《れいり》な表情に戻る。

「クウィン、これはどういうことだ」

「準決勝進出を祝っての食事会だよ。フェルズくんも試合見てたんだから知ってるでしょ？」

「……そういえば客席にいたな」

指摘されたくないものと思っていたから言わなかったが、クウィンが断言したら無意味な気遣いだ。

「でも、クウィンは来られたら来てもいいんじゃない？　としか言わなかったよね。ここに来たのはフェルズくんの意思」

変わらずの薄い表情でフェルズへ言葉を投げながら、今度はパスタを口へ。

食事をやめるつもりのないクウィンを傍目《はため》にフェルズは苦い顔を浮かべる。

なんにせよちょうどいい機会か。

「お前の事情は知らないが、街でレーティアを助けてもらったことは感謝する」

「私からもお礼を。ティアを助けてくれてありがとう」

「……わたしからも改めて。ありがとうございました、フェルズ様」

言い出した俺に続いて二人も感謝の言葉を伝えていた。フェルズもまさか俺たち三人から言われるとは思っていなかったのだろう。

珍しく虚を突かれたかのように、僅かに目元が開かれる。

「その顔が見られただけでも呼んでみた甲斐《かい》があったかな」

完全に傍観者として居座っているクウィンが鼻で笑う。

フェルズは黙ったままだが、機嫌が悪いことだけは理解できる。

「……俺は連れていかれただけだ。礼なら観客気取りのそいつに言ってやれ」

「お前が助けたのも紛れもない事実だろう？」

「…………勝手にしろ」

それっきりで話を終え、立ち去るつもりだったのかくるりと身を翻《ひるがえ》す。

「フェルズ」

「……まだ何かあるのか？」

「形はどうあれ祝いに来た奴をもてなさずに追い返すのもどうかと思ってな」

まっさらな皿を差し出してみるも、フェルズは訝《いぶか》しげに見続けた末に「いらん」と一蹴して、今度こそラウンジを後にした。

「断られちゃったね。ウィルってやっぱり人望ないの？」

余計なお世話だ、と内心クウィンへ返すついでに視線は皿へ。

食事会が始まった頃から思っていたが、クウィンの皿には肉料理かパスタしか乗っているのを見ていない気がする。

いくら偏食でも野菜を一口たりとも食べないとは驚いた。本当にコース料理にしなくてよかったな。それで残されては料理人の苦労が報われない。

……だからクウィンもわざわざ食事の注文を自分で出しているのか？

「あそこまで露骨に避けなくてもいいのにね」

「フェルズの立場なら避けたくもなる」

「迷宮調査の時はウィルとフェルズ様って息が合っているように見えたけど」

「それはあいつが俺に合わせていたからだろうな」

じゃなきゃほぼ全《すべ》ての能力で劣る俺がフェルズと並び立って戦えるはずがない。

『首無し騎士』との戦闘で俺を前線に引きずり出した真意も聞きたかったところだが……あの

分だと話してくれそうにない。

「でも、困ったな。残すのも悪いから料理の量は少なめに作ってもらったんだが……この分だと余らせそうだ」

「ウィル、頑張ってね」

「肉とデザートしか食べる気のない奴が言うな」

「嫌いなんだから仕方ないでしょ？」

「好きなものを食べていた方が幸せだものね」

理屈としてはわかるし、責める気はない。

そんな流れで、食事会を終えるのだった。


食事会が終われば後は就寝の準備を整えるだけ。

それも普通なら風呂《ふろ》に入り、着替えて緩やかな一時を過ごすだけなのだが、今日に限っては勝手が違う。

寮生活をしている身では珍しく、こんな夜に四人も同じ部屋にいるのだ。俺以外は女性……決闘祭までの日々で交友を深めたらしい三人の会話が弾《はず》むのも当然のこと。俺もある程度付き合わされたが、レーティアの体調を鑑みて日を跨《また》ぐ前に就寝する運びとなった。

当然、俺と三人は別の部屋だ。

なにかあったら寝ていても構わず叩き起こしていいと伝えてある。

最優先はレーティアの病状だ。症状があるとは思えないほど自然な振る舞いだったが、レーティアの辛さを否定する材料にはなり得ない。

感情を隠すのは得意としている。

だから俺たちも気づくのが遅れてしまった。

窓から差し込む月光が照らすベッドで横になりながら考えて、疑問が湧《わ》く。

「……どうやってクウィンは気づいたんだ？　街で助けたと言っていたから、その前から疑いくらいは持っていただろう」

となれば、クウィンは学園にいた時点で気づいていたことになる。並外れた洞察力だ。

……この場合は情報収集力、なのか？

隙を見せないフェルズの弱みを握り、レーティアを助けたこともそうだ。学園では単独行動のクウィンがどうやって情報を摑んだのか。

「……今は考えなくてもいいな」

目下の懸念先はレーティアの魔晶症だ。

鎮痛剤で痛みを抑えていても、症状は絶えず進行している。

けれど、俺の中で一番引っかかっているのは試合でレーティアが見せた魔術だ。

レーティアはそもそも、魔術を他の学園生ほど得意とはしていない。それでも中級魔術が使える時点で俺よりよっぽど魔術師の素養がある。

……が、あそこまでの威力は出せなかったはず。

俺もレーティアの全てを把握しているわけじゃない。学園で過ごす間に成長しているのも理解している。とはいえ、あそこまでの急成長はすんなりと呑《の》み込《こ》めなかった。

……実のところ、原因の予想はついている。

あとは本人に確認するだけ――

「ウィルくん、わたしだけど……少しいい？」

思考を遮るように響くノック。

こんな時間に部屋を訪ねてきたのはレーティアだった。

起き上がり、扉を開けてレーティアを出迎える。すると、薄桃色のネグリジェ姿のレーティアが安堵《あんど》の息を零し、薄く微笑む。

「……ごめんね、こんな時間に。起こしちゃった？」

「俺も寝つけなくてな。……とりあえず中に入ってくれ」

部屋に招き入れて「適当に座ってくれ」と伝えれば、しばし視線を巡らせてからすとんとベッドに腰を落ち着けた。

「……こんな時間にウィルくんと会えるなんて、なんだか新鮮。というか、ちょっといけないことをしている気分」

「妙なことを言うな。学園生徒はそもそも寮で夜を明かす必要すらない。夜通し迷宮に潜っているような猛者もいると聞く」

「楽しそうだからいつかはやってみたいね。でも、そうなると迷宮内で泊まるのかな。交代で見張りを立てないと。わたし、途中で寝ちゃいそう」

あはは、と笑うレーティアは普段のそれとほとんど同じ。しかし、決定的に無理をしている証のように目元には隈が浮かんでいる。

「……痛みで眠れなかったのか？」

「………うん。ぐっすり眠っている二人を起こすのは忍びなくて、ウィルくんはどうかなって様子を見に来たの。何かあったら叩き起こしていいって言ってたから」

「だからってこの夜中に男女が二人きりで部屋にいる状況は、何かしらの不都合な誤解を招いてもおかしくないと思うんだが」

間違っても手を出すつもりはないが、わかっていなそうな……ともすればわかっていながらやっていそうなレーティアへ告げておく。

しかし、レーティアは一瞬だけ不満そうに口先を尖《とが》らせる。

かと思えば、そっと顔を耳元へ近づけて、

「色んな状況を差し置いて、わたし個人の感情だけの問題なら………むしろ好都合だったりするよ？」

囁《ささや》き交じりに口にする。

それが冗談じゃないとわかっているため、酷く心苦しい思いにさせられてしまう。

冷静さを保つべく、ため息を一つ。

レーティアの顔色は、月光だけが照らす部屋でも赤く染まっていることが見て取れた。

「……冗談でもやめてくれ」

「わたしは公爵家の娘である前に女の子だよ？　好きな人と結ばれたいと思うのは当然のことだと思うけど」

「…………酔ってるのか？　酒じゃなく、雰囲気に」

「こんな状態でまともな理性を保っていられるほど、わたしはまだ大人じゃないから。……時間がないの。今を逃したら、もう機会は訪れないかもしれない。だったらわたしの最初で最後はウィルくんに——っっ⁉」

無防備な額を指で弾《はじ》く。

レーティアが額を押さえながら離れ、目をぱちくりと瞬かせる。

「決闘祭が終わった後の話をしたのに、俺が頷くと思ったか？」

「……やっぱりダメなんだ。ちょっとだけ残念。でも、嬉しい。わたしの気持ちって屈折しすぎかな」

「最後に前を向いていればそういう日があってもいいさ。暴走気味なのも目を瞑ろう。……ところで、一つ尋ねたいことがある」

「どうしたの？」

「――魔晶症の症状で身体に出来た魔水晶を魔術の触媒にしているな？」

レーティアの表情が固まった。

……この反応は当たりか。

魔晶症で身体に生成される結晶は魔力の凝固体……魔水晶。魔術触媒としても有用なそれを消費し、レーティアは魔術の威力を底上げした。

「魔晶症を治すのは決闘祭が終わってからなのはこれが理由だろう？」

違うか？　と聞けば、少しだけ間を置いて苦笑し「……正解だよ」と口にする。

「魔晶症に関する文献を漁っていたら興味深い研究を見つけたの」

「……魔晶症患者が生成した魔水晶を魔術触媒として利用する研究、とでも言うつもりか？」

「それも正解。非道な人体実験を行ったとして研究者は追放処分になったみたいだけど。……でも、魔晶症を患っているわたし自身を対象とする分には誰にも迷惑をかけないでしょ？」

俺はどこから口を挟んでいいのかわからなかった。

魔晶症で生成された魔水晶を魔術触媒にすると言っても、身体から取り外せるわけではない。

だから必然、生きた魔晶症の人間が必要になる。

疑いようのない道具扱い。

そんな研究が行われていたことにも、レーティアが実践したことにも驚きを隠せない。

「……症状が悪化したらどうする気だったんだ」

「その時はウィルくんが力ずくでわたしを止めてくれるかなって」

「……矛盾してるのを理解してるか？　それとも気づかないくらい自分を見失ってるのか？」

「矛盾はわかってるけど、勝ち進むには必要なことだったから。あと、調子がいいのも嘘《うそ》じゃないよ。使うたびに痛みも不調も消えていくの」

信じられない？　と言わんばかりに浮かべた笑み。雲のない空のように澄み切ったそれから底知れない恐怖を感じた。

命の前借り、そんな言葉が脳裏をよぎる。

痛みと不調が本当に消えているのか？

自分の魔水晶を触媒にして魔術を使えば魔晶症の症状が軽減できるなんて大発見が広まっていないのは、何か重大な落とし穴があるからだと俺は思う。

だが、ここまで許した俺にレーティアを止める資格はない。

「……信じていいんだな」

「これが嘘をついている顔に見える？」

「本気で隠そうとしたらわからん。……決勝が終わったらすぐに治す」

「代償もわたしが背負えたらよかったのに」

「俺の意思で始めたことだ。そこまで押し付ける気はない」

なんて言えば、レーティアは仕方なさそうに笑うのだ。

強く気高く美しく、それでいてガラスのような脆《もろ》さを兼ね備えた少女――それがレーティア・ルチルローゼ。

自堕落な日々を続けている俺には勿体《もったい》ないくらいの友人……いや、大切な親友だ。

「…………じゃあ、今夜は離れず見張っておいた方がいいんじゃない？　寮を抜け出して勝手なことをしないとも限らないし」

「回りくどい言葉で誘導しなくていいぞ。どうせここには俺とレーティアしかいないんだ」

それもそうだね、と困った風な笑顔。

合間で窓の外、無数の星が輝く夜空へ視線を送る。

「朝まで、ここにいてもいい？　部屋に帰って二人を起こすのも悪いし、ウィルくんがいてくれたら眠れそうな気がするの」

「……起きてから弁解の手助けをしてくれるなら、な」

「ウィルくんに誘われたの……って言ったら二人はどんな顔をするかな」

「絶対にやめろ」

試合が始まる前に俺の不戦敗が決まりかねない。

クウィンは悪乗りしてきそうだし……控えめに言って地獄だな。

第五章 ◇ 欠けた少女の独奏《フィルニス・ソリスト》

決闘祭二日目も変わらず賑わいを見せていた。

むしろ今日の方が一、二回生の準決勝と決勝が行われることもあって、熱気という意味では上回っているかもしれない。

俺《おれ》たちも午前は一回生の試合を観戦し、日の折り返しを挟んで行われる自分たちの試合の準備を進めていた。

……とはいっても三人とも出場を決めている関係で、控室でも駄弁《だべ》っていたのだが。もう一人の出場生徒は俺たちから離れ、部屋の隅で精神統一をしていた。

王子とその婚約者、三大公爵家の令嬢と並んで出場する彼には相当なプレッシャーがかかっていることだろう。にもかかわらず集中力を保っていられるのは大したものだ。

そんなこんなでレーティアは準決勝に向けて控室を後にする。

「私たちも行きましょう。試合が続くから一緒に観られそうにないわね」

「次会うのはフィールドで、だな」

リリーシュカと拳《こぶし》を合わせて戦意を分かち合い、入場口前の廊下から試合を観戦することに。

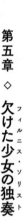

すぐにレーティアの試合が始まったのだが――

『――勝者、レーティア・ルチルローゼ！』

苦戦することなくレーティアが決勝進出を決めてしまった。

大いに沸き立つ観客とは対照的に、冷静なレーティアは表情を変えずに一礼してフィールドを去っていく。

敗北を喫した相手の方も納得したのか、清々《すがすが》しい表情でフィールドを去っていった。

「……勝ってしまったな。威力だけなら上級にも匹敵《ひってき》する中級魔術を決め手にしての勝利だ。あれでは嫌でも納得するか」

勝ったことそれ自体は喜ばしい。

だが、一抹の不安が付きまとう。

昨夜、レーティアは魔晶症で出来た魔水晶を触媒として魔術を強化していると明かした。

どんなリスクがあるかも定かではない手段に頼っているのは、勝利への渇望故に。

「……いや、考えている余裕はないな。目先の試合が先決だ。なんたって相手は――」

『準決勝第二試合！　とても面白《おもしろ》いカードとなりました！　第一選手は魔女の国へクスブルフからの留学生であり、第七王子ウィル様との婚約が発表されたリリーシュカ・ニームへイン！』

準決勝から登場選手の紹介がされることになっていた。

声の後、フィールドを挟んだ向こう側の入場口からリリーシュカが姿を現す。

『彼女はこれまで圧倒的な魔術で勝利を収めて来ました！　真に正統派の魔術師と言えるでしょう！　二回生優勝候補筆頭の力をこの試合でも見せてくれるのか！』

リリーシュカとちゃんと戦うのは推薦入学試験以来か。

あの時は終始回避に専念し、明確な勝敗は決まらなかった。

……そもそも中級魔術を平然と放ってくる魔術師相手に真正面で戦えるわけがない。あれが試験で勝つ必要がなかったのも大きい。

でも、これは決闘祭。

勝たなければ先へは――レーティアを止められない。

「……やるしかないんだよな、もう」

覚悟を決め、フィールドへ向かって歩き出す。

『続いて第二選手！　……誰《だれ》が彼の勝利を予想していたでしょうか。クリステラ王国第七王子、ウィル・ヴァン・クリステラ！』

てっきり歓迎されないと思っていたのだが、思いのほか会場は盛り上がる。

『ありとあらゆる手管を駆使し、勝ち上がってきた彼の実力を疑う者はもういないでしょう！』

……ただの小細工をこうも褒めそやされると複雑な気分だ。

しかも相手は、そんなのでは勝てそうにないリリーシュカ。

メッキがはがれるときが来たらしい。

フィールドで向き合う相手はリリーシュカ。

緊張はなく、薄く笑みまで浮かべていた。

「今回は逃がさないわよ、ウィル」

「決闘だからな。今回は戦うつもりだ」

『皆さまお気づきかとは思いますが、なんと今試合は婚約者対決です！　勝者はどちらになるのでしょうか……！　正統派魔術師のリリーシュカが正面から打ち破るのか、はたまた自慢の戦術でウィルが勝利を収めるのか！』

いくらなんでも煽りが効きすぎだ。

これで呆気《あっけ》なく負けたら会場の空気は一気に冷めるんだろうな。

……正直、あんまり考えたくはない光景だ。

「私が勝っても恨まないでね」

「始める前から負けるつもりは微塵《みじん》もない」

それもそうね、とリリーシュカが頷《うなず》いて。

『それでは準決勝第二試合――始めッ！』

婚約者対決。

その火蓋が切られた。

◇

リリーシュカのスタイルは純魔術師。距離を開けての撃ち合いを得意としている。

得意魔術は氷。中級魔術は軽々放ってくるし、精度も速度もかなりのもので隙がない。

魔術師としての実力だけを比べれば間違いなくリリーシュカが勝つ。

だが――それだけで勝負は決まらない。

「『氷結槍《フリーツェア》』」

空気中の水分が凝集、凍結して生み出された氷の槍《やり》は計十本。それが俺へ狙《ねら》いをつけ、タイミングをずらしながら放たれた。

相殺できるほど威力が出る魔術は使えない。俺が出来るのは回避一択。

氷の槍の間隙《かんげき》を見極めてフィールドを駆ける。

前後左右にステップも挟み、的はなるべく絞らせない。

背後の床を貫き、氷の槍が砕け散った。

「『氷縛《フリンド》』」

足元に立ち込める冷気が砕けた氷を呑《の》み込《こ》んでいく。

移動を制限するつもりか。これまでの試合で見た戦い方だ。

「『衝撃《クラスト》』ッ」

踏み込みと同時、足を起点に『衝撃』の魔術が発動。完全に凍《い》てつく前に冷気が散り、粉々になった氷が舞い上がる。

なんとか十本の『氷結槍』を回避したはいいが、それだけで終わらない。

次なる魔術の気配。

「『氷壁《バリエス》』」

足元から分厚い氷の壁が隆起するのに気づいた。しかも俺を囲むように左右と後ろにも展開されている。逃げ道を塞《ふさ》いで確実に倒す気だったらしい。

だが、俺の判断が早かった。

せり上がってくる壁を踏み台にして上昇。

リリーシュカの狙いも外したならここは一度俺の手番――

にやり、リリーシュカが笑っていて。

「――――ッ」

瞬間、足場の氷が全《すべ》て砕けた。

まずい。体が宙に投げ出される。

足場がなければ俺は落ちていくだけ。

わかりやすい隙をリリーシュカが見逃してくれるはずがない。

雨のように襲い来るのは無数の雹《ひょう》と鋭い風。

氷と風の複合魔術か？　風魔術も使えたんだな……知らなかった。

不意打ちとしてはかなり効果的だ。

小さく舌打ち。やりたくない手だったが四の五の言ってられない。

「『障壁《シェルド》』『衝撃』ッ！」

一旦《いったん》、雹風を防ぐための『障壁』を展開。そして天へ向かって『衝撃』を放つ。反動で落下速度を増し、勢いに任せてくるりと身体を反転。

「は――――っ」

三点着地。乱れた呼吸を整えながら顔を上げる。

余裕がない展開だ。

想定はしていたが、実際やると本当にキツイ。

反撃する機会もなく生まれた間。集中のせいか会場の歓声がなんとなく遠く感じる。

そんな俺をリリーシュカは感心した表情で眺めていた。

「……下級魔術だけでよく凌《しの》ぐわね」

「リリーシュカこそ並の魔術師なら余裕で息切れしてるぞ」

「並の魔術師が相手なら私の勝利が決まっているわよ」

「逃げ足だけは速くてな」

リリーシュカに時間稼ぎの意図はない。

むしろ俺が付き合ってもらってる形だ。

「俺の復帰を待つなんて余裕だな」

「警戒しているのよ。完璧《かんぺき》にいなされるなんて思わなかったから。……でも、そうね。このまま話しているだけだと観客も退屈だから――」

魔力が膨れ上がる。

床を這《は》う冷気に当てられて背筋を震えが走った。

「踊りましょう？　楽しさは保証しないけれど――ッ！」

軋《きし》む空気。足元にいくつもの影が点々と生まれる。

空を見上げると影の正体、氷塊が落下してきていて。

「ダンスと呼ぶには不格好が過ぎるだろ……ッ！」

落下の速度が乗った氷塊はダメージを与えるのにじゅうぶんすぎる。

……というか『氷結槍』も『氷壁』で囲んで雹風を叩《たた》きつけるのも、まともに当たったら決闘どころじゃないよな？

いくら治癒魔術師が控えていても、進んで痛い思いはしたくない。

氷塊の影が段々と大きくなりつつあるが、これを躱《かわ》すだけなら簡単だ。

「『氷結槍』――これでも躱しきれるかしら」

フィールドの外周に浮かぶ氷の槍。翔《と》べ、とリリーシュカの手が指揮棒の如《ごと》く振るわれた。

垂直方向は氷塊。水平方向は氷槍。
一撃で昏倒《こんとう》しかねない威力を秘めた凶器が飛び交うフィールドが完成する。
……迷宮で魔物を相手にするより容赦がないぞ？
絶対に気のせいじゃない。
「簡単に負けたら笑われそうだよな」
だったら意地でもやるしかない。
深呼吸。冷たい空気を取り込んで、集中。
余計な感覚を遮断し、情報の取捨選択をする。
「いくわよ」
不敵な笑み。
影が大きくなり、氷の槍が風を切って飛翔する。
一番警戒するべきは『氷結槍』。
あれはリリーシュカが狙いを付けている分、命中する可能性が高い。
空から降ってくる氷塊は影で落下地点が予測できるため、まだ躱すのは楽だ。
優先順位を間違えないように一つずつ、丁寧に処理することが求められる。
「ステップのお手本でも見せてやるか」
極論、戦闘なんてダンスと同じだ。

相手の呼吸を読み、タイミングを合わせて適切な動作を取る。

そのために必要なのは情報を逃さないこと。視覚的なものはもちろん、音も、時には匂《にお》いも役に立つ。今で言えば背後から迫る風切り音や床に広がる影の大きさ。

正面の氷槍は氷塊の落下位置から離れた場所へ余裕をもって回避。俺の回避先を予測して迫る氷槍もきっちり避ける。

それを何度も繰り返すうちにフィールドが砕けなかった氷塊で埋め尽くされた。

氷塊が遮蔽物として機能し、視界が取りにくくなっている。

リリーシュカの姿が氷塊に隠れて見えなくなるが、近接戦に持ち込むしかない俺としては嬉《うれ》しい誤算だ。

魔術を使おうとすれば魔力の気配で位置が摑《つか》めるから、多少視界が遮《さえぎ》られるくらいで戦闘に支障は出ない。

「……とか考えた傍《そば》からコレか」

回避に専念しながらも感じた魔力。

この試合で一番大きなそれは記憶にある上級魔術と同じ。

リリーシュカも氷塊で射線が取りにくいが、フィールド全体を対象と出来る規模の魔術なら話は別。そんなものを使われては俺に勝ち目は残らない。

上級魔術の完成前に仕留めるか、上級魔術をどうにかしてから仕切り直すか。

どちらにしても難易度が高いことに変わりない。

勝負が長引けば長引くほど不利なのは俺。リリーシュカの魔力が底をつくとは考えられず、対する俺はそろそろ厳しい。

勝負を決めに来たな。

俺が狙える隙は上級魔術を放つ瞬間。

最後の勝機を逃さぬよう、氷塊の間を全力で駆け抜ける。

「『刃纏《レイリア》』」

ここでようやく、短杖《たんじょう》に魔力の刃を纏《まと》わせる。

射程は精々、腕一本分。魔術と比べればはるかに短く、頼りない。

それでも勝利の道筋だけは見失わない。

散らばった氷の欠片《かけら》を踏み砕き、跳躍。身を空に躍らせ『衝撃』で急速な方向転換。

回避で見せた一連の動きを攻勢に転用し、一気に肉薄する。

交錯する視線。

まだ上級魔術の詠唱は終わっておらず、口元の動きでタイミングを見計らい――

（――騙《だま》されたわね？）

「――――ッ」

自らの失策を知る。

リリーシュカは上級魔術を囮《おとり》にして俺を誘い出したのだ。

もう詠唱が終わっているのか？　それとも上級魔術すら詠唱なしで行使できる？

いや、ありえない。

ノイでも杖《つえ》がないと難しいと話していた記憶がある。

詠唱を終えているか、別の魔術が本命か。

魔力の気配は変わらず残っている。飛び込んだ以上、賭《か》けをするしかない。

俺に出来るのは躊躇《ためら》いなく短杖の刃を突き出すこと――

「はぁぁあああぁッ!!」

「良い気迫だけれど……惜しかったわね」

刹那、俺の全身が途方もない寒さを訴えた。

ぴたりと身体は宙に縫い留められている。

……否。分厚い氷に覆《おお》われて、氷像となっていた。

短杖の刃はリリーシュカとの間に形成された氷の壁が遮っていて、届かない。

「氷塊は狙いを悟られないための遮蔽物。余裕を奪い、上級魔術をちらつかせれば誘いに乗ってくると思ったわ。ウィルの手札は無属性の第三階級《ドライ》以下の魔術だけ。私の魔術を突破できるほどの威力はない。あなたの勝ち目は不意打ちか奇襲――そこに絞れば近接戦の勘が鈍い私でも合わせられる」

……どうやら初めからリリーシュカは俺が飛び込んでくるのを狙っていたらしい。

全身凍結で身動きが取れない時点で詰みだ。

『勝者、リリーシュカ・ニームヘイン！』

宣言が為された後、氷が砕けた俺を迎えたのは割れんばかりの喝采だった。

まだ寒さの残る身体を震わせながら、リリーシュカへ拍手を送る。

「おめでとう、リリーシュカ。完敗だ」

「今回はちゃんと勝たせてもらったわ」

「あんな誘いを一体どこで覚えたんだか」

「見本ならすぐ近くにいるでしょう？」

「……違いない」

◇

「──あ、ウィル。惜しかったね」

決勝戦が始まる前に客席のクウィンと合流すると、淡白な労《ねぎら》いの言葉があった。

手にはジュースと焼き菓子。観戦を楽しんでいるのが一目でわかる。

「他人事だからって簡単に言ってるだろ」

「実際他人事だもん。観戦は楽しかったよ。てっきりウィルがボコボコにされて終わりかと思ったら、意外といい勝負になってた」

「……普通に勝つ気で挑んだんだがな。やっぱり俺にまともな魔術戦は無理だ」

「剣があったら勝敗が変わったかもね」

「意味のない仮定の話だな」

『――皆さま長らくお待たせしました！　これより二回生トーナメント、決勝戦を開始いたします！』

決勝開始が告げられ、決闘場のボルテージが上がっていく。

『第一選手はレーティア・ルチルローゼッ！　三大公爵家としての威厳と矜持《きょうじ》をこの試合でも見せてくれるのか――ッ!!』

歓声を浴びながら左の入場口から現れるのはレーティア。

観客へ笑顔を振《ふ》り撒《ま》く余裕まであるらしい。

『対する第二選手はリリーシュカ・ニームへインッ！　二回生の大本命ッ!!　婚約者対決を制した勢いのまま優勝を勝ち取るのか――ッ!!』

リリーシュカは右の入場口からフィールドへ。

実力ではリリーシュカの方が勝《まさ》っていると思うのだが、表情はこちらの方が硬い。

声援もレーティアと同じくらい送られている。

少し前まで腫れ物扱いをされていたとは思えないほどだ。

「楽しみだね、決勝戦。ウィルはどっちが勝つと思う？」

「能力的な部分だけを見るならリリーシュカだな。中級魔術は無詠唱、上級魔術も軽々扱えるリリーシュカが正面から当たれば順当に勝つ」

「でも、勝敗は実力だけでは決まらない。運を手繰り寄せられれば、あるいは」

「……魔晶症のことを知るリリーシュカが無意識的に加減しないとも限らない。魔術師としての実力もある」

魔水晶を触媒とした魔術の強化もある。それを加味すると威力だけなら五分《ごぶ》。

あとはどちらが巡ってきたチャンスを掴むか、だ。

「レーティアちゃんも無理するよね。あれ、魔晶症の症状で出来た魔水晶を触媒にしてるでしょ？」

「……いつから気づいていた？」

「確信したのは決闘祭のトーナメントが始まってから。疑い自体は決闘祭が始まる前から持ってたよ」

……レーティアを匿《かくま》っていた分、クウィンが早く気づいたのか。

「どちらにしても楽しい試合になりそうだね」

「……症状が悪化しないかと気が気じゃない」

「信じてあげなよ。もうウィルに出来ることはないんだから」

悔しいがクウィンの言う通りだ。

意識を決勝戦へ集中させながら、祈る。

『それでは二回生決勝戦——始めッ‼』

どうかレーティアが無事に試合を終われますように、と。

◇

交わすべき言葉は、もうなかった。

『それでは二回生決勝戦——始めッ‼』

「『氷結槍』」

「『焔波《フレイヴ》』！」

開幕の合図と同時に放ったのは私が最も多用する中級魔術『氷結槍』。

そのカウンターとしてティアが選んだのは焔《ほのお》の波で呑み込む魔術『焔波』。

幅広い焔が轟《ごう》、と空気を焦《こ》がしながら迫ってくる。それを氷槍の切っ先が穿《うが》ち、触れた傍から蒸発していく。大量の水蒸気がフィールドを満たし、視界が濁った。

戦闘における視界の確保は重要な要素。

けれど、魔術師ならば目で見えなくとも魔力を探れば事足りる。

それを逆手に取ってフェイクにも使えるから迷うところだ。

「『焔弾《フレット》』ッ！」

水蒸気を越えて届いた声。

赤く揺らめく影が見えたかと思えば、水蒸気の幕を突き破って焔の弾がいくつも飛来した。

精度より数を優先した面制圧。逆にそれを撃ち落としてもいいけれど……消耗も激しいし防いだ方が楽ね。

射線を塞ぐように『氷壁』を展開する。すぐに着弾音がいくつも連なって聞こえるけれど、私の壁は『焔弾』を防ぎ切った。

しかし、壁の向こうで魔力の高まりを感知する。

壁を破ろうとしているのかしら。ティアらしくない戦い方ね。

こういう力比べには付き合わず、技量と戦術で戦ってくるものと思っていたのに。

思考の直後、弾丸のような『焔弾』が壁を穿つ。

これ、破られるわね。

予感した私はすぐさま射線から離れ、逆に氷の礫《つぶて》を返す。多分、当たってはいない。

そこへ風が吹き抜けて水蒸気が攫《さら》われていく。

用済みの氷の壁は壊して、私と同じく無傷で凌いだティアへ笑みを投げた。

宿っていて。

「わたしだって、負けないッ！」

啖呵《たんか》を切るティアにはいつもの楚々《そそ》とした表情ではなく、この瞬間を楽しむ純粋な歓喜が

「力比べなら負けないわよ」

それがたまらなく、嬉《うれ》しい。

「猛焔奔れ《もうえんはし》『裂焔核《コルレイズ》』」

四方八方へ散った焔弾が私目がけて飛んでくる。

一つでも当たれば容易に意識を刈り取る魔術。中級魔術を使うということは勝負を決めに来たのかしら。

まだほかに狙いがあることも考えながら、試合に対する気持ちが一段深くなる。

攻めに転じてもいいけれど……後手に回ったのなら攻防一体が良さそうね。

力任せに攻めてもティアならいなして、手痛いカウンターを貰《もら》いかねない。

「『氷壁』、『霜天《リフォーズ》』」

氷の壁で身を守り、逆に立ち止まったまま魔術を放つティアの足元を襲う算段。

焔が壁に直撃し続けるも、この分なら数秒は保ちそうね。一方で私の反撃にティアもすぐ気づき、熱を発生させて這い寄る冷気を遠ざけようと試みる。

しかし、単純な力比べなら私に軍配が上がる。

段々と冷気が熱を呑み込み――これ以上は無理だと判断したのか、ティアは慌ててその場を飛びのく。

熱気が退いた直後、冷気が床を塗り替え、つるつるとした氷の床へと変貌を遂げた。

……やっぱり簡単には勝たせてくれないわね。

力比べなら魔力総量に勝る私が上。

けれど戦術や読みの面ではティアが勝っていそう。

魔晶症を患っていながら、これだけの魔術を扱えるものなの？

もし、その枷《かせ》が無かったら――ティアはどこまでの魔術師に成長していたのかしら。

末恐ろしいほどの才能。

されど天性ではなく、ティアが長年の努力で磨き上げたもの。

「……流石《さすが》に強いね、リーシュ」

「ティアも想像以上よ。だからこそ手は抜かない。……怪我《けが》の一つ二つは許してね」

「それはリーシュも同じだよ――ッ！」

◇

水蒸気の煙幕を切り裂いて飛翔する氷槍。微《かす》かな音をいち早く捉《とら》え、その方向へ熱波を放って対処を試みる。しかし完全には溶けず、残った芯《しん》の部分が頬《ほお》を掠めて飛び去った。

頬についた一筋の傷。

ひやりとしながらも返しの刃として横一線に焔の波を放つ。轟、と空気を燃やして飛び去るそれは、氷の壁を盾にして凌がれる。

リーシュは無傷。

今しがた増えた頬の傷を手の甲で拭うと、鮮烈な血が滲《にじ》んでいた。

「……ちょっとこれは、厳しいなあ」

どれだけ攻めようとも崩れない鉄壁の牙城を前に、思わず弱音も出てしまう。

心は熱く、思考は冷静に。

浅く乱れつつあった呼吸を整えながら、戦況を客観的に俯瞰《ふかん》する。

ダメージの度合いはリーシュが優勢。

残存魔力もリーシュの方が多いと思う。

威力や精度は今のところ拮抗《きっこう》しているけど、試合が長引いたら不利になるのはわたし。

総合的にはわたしが若干の不利を背負う形だ。

それ自体は構わない。想定していた状況の中では比較的いい方。

わたしが描いていた最悪の展開は序盤で完全に競り負け、作られた隙で上級魔術を連発されて為す術《すべ》なく負けること。

……でも、油断は出来ない。

この試合は先に集中、体力、魔力のどれかが切れた方が負けに大きく傾く。

「……どう攻めようかな」

不意を突かないと防御を突破できない。

そもそも魔術の撃ち合いをやめて近接戦に持ち込んだ方が良さそう。……という考えすら読まれているかも。

リーシュもウィルくんとの試合で取った戦術だ。むしろわたしが警戒する側かな。

総魔力量で劣るわたしの方が長期戦は不利。

どうせこのまま戦っていても負けるなら勝負に出よう。

「『焔幕《アラム》』」

フィールドを揺らめく焔の幕で区切り、視界を遮る。

そして、なるべくリーシュに悟られないよう静かに魔力を熾《おこ》しながら、

「常世を焦がす紅鏡の威光をここに」

本来のわたしは使えない上級魔術の詠唱。

魔水晶を触媒として魔力量を誤魔化《ごまか》せる今なら使えるかもしれない。

必要なのは魔術へ変換する処理能力だけ。

焦らず、慎重に、イメージを固めていく。

するとリーシュの魔力も高まるのを感じた。
迷宮調査の際、『首無し騎士《デュラハン》』に対して上級魔術を放った時のそれと似ている。
わたしが上級魔術を使おうとしているのに気づかれた？
そうだとしたら、これは――
「――ティアがその気なら、私も相手をしてあげる」
リーシュは敢《あ》えて上級魔術で迎え撃つつもりだ。
わたしの最大の一撃を返されたら流石に負けを認めるしかない。
なら、この一撃に全力を尽くそう。
最後の一滴まで魔力を絞り出す。
くらり、目が回るも止められない。
ここで勝つんだ、わたしは、絶対に――ッ！
「燦然《さんぜん》と輝き地を照らせ――『白日焔剣《ソリスアランド》』ッ！」
体から何もかもが絞り出される感覚。
急激に力が抜けていく。足がふらつき、倒れかけるもなんとか寸前で踏み止まった。
でも、感覚的に理解する。
「……まだ、足りないんだ」
わたしの全《すべ》てを捧げた初めての上級魔術が不完全だったことを。

上級魔術『白日焰剣』の本来の焰の色は、白。
しかし、目の前に浮かぶ巨大な焰の剣は赤かった。
熱量が圧倒的に足りていない。
それでもこの剣を振らずに諦《あきら》めることはできなかった。
「はぁあああぁああああああッッ!!」
喉《のど》が嗄《か》れんばかりの勢いで叫び、焰の剣を振り降ろす。
空気を焦がす熱に当てられて視界が歪《ゆが》む。
胸の奥が痛み、虚脱感が酷《ひど》い。
吐き気もするし、今にも気を失いそうだ。
ふわふわと体が浮いているような気がするけれど、足はまだ床についている。
酔いにも似た感覚。魔力を使い果たしてしまったのだろう。
だとしても、この試合の結末だけは見届けないと気が済まない。
「『氷華月輪《ラヴァフロース》』」
リーシュの上級魔術も発動する。
負担なんて微塵も感じていない、涼しい顔。
瞬間、焰の剣が氷に覆われていく。
燃え盛る焰が膨大な冷気に封じられ——

「……凄いなあ、リーシュは」

フィールドに一輪の氷の華が咲き誇る。

それは明確にわたしの敗北を意味していて。

「――ティアッ⁉」

焦ったリーシュの声。

崩れるように倒れたわたしは、霞《かす》む視界で氷の華を見上げる。

万全を期した。

万策を尽くした。

限界を超えた。

その結果が、わたしの負け。

納得の上での敗北は、こんなにも清々しい――

『本当に負けたままでいいのか？』

頭の中に声が響いた。

迷宮で神代神像を前にした時と同じもの。

『汝《なんじ》は二度と、彼らには追いつけない』

その言葉に心がきゅっと痛む。

負けを認めるのは、そういうこと。

今後、二人の背を追うだけの生き方を自らに課す。

……だって、そうするしかないの。

ウィルくんは政略結婚。婚約者はリーシュであって、わたしじゃない。

その座に座れるのが一人だけなら、選ばれないのが元婚約者のわたしになるのは当然の流れ。

『我を受け入れるのならば、力を授けよう』

絶対に受け入れてはいけない。

頭では理解していても、心の片隅に残った後悔が手を伸ばす。

もう、置いて行かれるのは嫌だから。

お願い。

わたしは、力が欲しい。

二人に追いつけるだけの力が――

『――よかろう。くれてやる』

その声は、嗤《わら》っていた気がして。

背中。左の肩甲骨の当たりに熱を感じた。それは徐々に熱量を増し、強く痛む。

でも、それすら心地よく感じられて、何もかもがどうでもよくなって。

「……ティア、なの？」

困惑と、僅《わず》かばかりの恐怖を抱いたリーシュの声。

わたしはゆっくりと立ち上がりながら、笑いかける。

「そうに決まってるでしょ？　どうしたの？」

「……違うわ。ティアはそんな風に笑わない。あなたは誰？」

「わたしはレーティア・ルチルローゼだよ。……それより、まだ試合は終わってない。終わらせない。終わりたくない」

尽きかけていた力がどこからともなく湧《わ》いてくる。

自分の心臓の鼓動すら鮮明に感じられた。

世界そのものに対しての認識が何段も上がったかのような錯覚。

全能感にも似た陶酔が身体を巡る。

頭の中に溢《あふ》れた言葉を、ただ紡《つむ》ぐ。

「翼は天を往く梯子《はしご》。永遠《とわ》の旅路に続く者なし」

全身を刃物で刺されたかのような鋭い痛みが襲う。

でも、逸《はや》る気持ちは止まらなくて、止められなくて――絶え間ない疼痛《とうつう》こそがわたしの居場所なのだと実感する。

「孤独な巡礼、終焉《しゅうえん》の旋律を遥か彼方へ捧ぐ」

ああ。

これが。

これこそが二人が見ていた世界――


「『焉世独奔《フィルニス・ソリスト》』」


刹那、世界そのものが遅くなって。

氷の華を散らすべく放った火種が膨れ上がり、赫々《かっかく》とした焔が空で盛大に爆《は》ぜた。

その焔は、わたしの目にはとても輝いて見えて。

「……ティア、まさか」

驚愕《きょうがく》に震えるリーシュの声。

もう、誤魔化せない。

誤魔化すつもりはない。

わたしは決定的に道を踏み外した。

「――リーシュ。これでわたしも二人と一緒になれたかな……？」

足元に転がってきた氷の破片に映っていたのは、うっそりと笑うわたしの顔と――背中に生えた真紅の魔水晶の左翼だった。

◇

「――レーティアッ!!」

リリーシュカと上級魔術の撃ち合いをした後に倒れたレーティアに驚き、叫んですぐに目を疑う光景が飛び込んできた。

ゆらり。

糸の切れた操《あやつ》り人形のように立ちあがったレーティア。

無事だったのか？　と一瞬思うも、明らかに異質で覚えのある気配を肌で感じる。

神代神像と相対した時のそれ。神代魔術《プリミティブ》を授けた神と名乗る存在のもの。

そんなこと、有り得ていいはずがない。

だが、その予感を裏付けるかのように、レーティアに変化が現れる。

「……翼、か？」

空を見上げて佇《たたず》むレーティアの背中。

制服を突き破り、左の肩甲骨の辺りから赤い結晶の翼が生えていた。

折りたたまれた片翼がゆっくりと開いていく。

その姿はさながら羽化をする蝶のようで。

頭の中で激しく警鐘が鳴る。疑いようのない命の危機。

『首無し騎士』との戦闘ですらなかった、死の恐怖に思考が犯される。

「まずい」

クウィンから溢れた端的な言葉。

俺の気持ちを代弁したそれを肯定するかのように、澱んだ魔力が決闘場を満たし――

「――――ッ⁉」

突如として氷の華が爆ぜた。

爆発《ばくはつ》が決闘場を激しく揺らし、観客席が混乱にみまわれる。

まさかレーティアがあれをやったのか？　魔力は底をついていたはず。

……いや、問題はそこじゃない。

レーティアは神代魔術の適格者となった。

受け入れ難《がた》くも、状況証拠はそうだと告げている。

もはや決闘祭の体裁を維持するのは不可能だ。神代魔術に覚醒《かくせい》した直後にまともな理性が残っている保証がない。そうでなくともレーティアの恍惚《こうこつ》とした笑みを見れば、理性が蒸発しているのだとわかる。

だが、神代魔術のことを知らない観客はレーティアの復帰に盛り上がった。

決闘祭の運営からも試合を止める放送がない。このまま続行する気なのだろう。

ここで俺が割り込むのは簡単だ。決闘に水を差す最低な人間として罵られるだけでいい。

しかし、それよりも先に放たれた焰の波が観客席まで焼き尽くす――寸前、観客保護の『障壁』と衝突し、

「……『障壁』が割れた？」

観客保護のために魔道具で展開されている『障壁』が粉々に砕ける。

上級魔術が直撃しても突破できない堅牢《けんろう》さと聞いたのに。

『――皆の者、今すぐ決闘場から退避するのじゃ！　観客保護の『障壁』はもうないッ！』

放送の声が切羽詰まったノイのものに変わる。

観客保護の『障壁』が壊れた場合、以降の観戦は観客の自己責任として試合自体は続く。

ノイが観客に避難を求めたのはレーティアの異常を察知したのと、次は甚大な被害が生まれることを予想したからだろう。

ノイの言葉で危険性を判断した生徒が我先にと席を離れていく。怒号も聞こえてきて、もみくちゃにされて倒れていてもお構いなし。

「クウィンも逃げろ」

一応の善意と、万が一にも神代魔術のことを悟られないために避難を勧めたが、

「……こんな楽しそうなことを見逃すなんて嫌だけど？」

小首を傾《かし》げた笑みで断られる。

……忘れていたが、クウィンはこういう奴《やつ》だった。

楽しいことが最優先の享楽主義。レーティアの魔晶症を見逃し、決闘祭に出場させたのも楽しそうだから。そんな人間がこの程度で帰るはずもない。

「冗談じゃなく死ぬぞ？」

「でも、死ぬほど楽しそうじゃない？」

表情は大きく変わらないのに、青い双眸《そうぼう》の奥は歓喜を湛《たた》えている。

良くない流れだが、仕方ない。

レーティアを止めるために神代魔術は使う。クウィンも勘づくだろうが仕方ない。

「……何を言っても無駄なのは理解した。もう勝手にしろ」

「——クウィンは観客で、役者じゃない。キミたちの邪魔はしないから」

じゃあね、とクウィンが俺に手を振り、再び視線をフィールドへ。

俺は観客席を飛び降り、リリーシュカと合流。そこへもう一つ、風と共に降り立つ足音。

今しがた放送をしていたはずのノイが眉間を揉《も》みながらため息を零《こぼ》す。

「おぬしら……決闘祭をめちゃくちゃにしおって」

「ノイも来たか」

「……一応聞くが、どう始末をつけるつもりじゃ。レーティア嬢のアレは、わらわの勘が正しければ神代魔術のように見えるが」

ノイの言葉に俺とリリーシュカが揃《そろ》って頷く。

俺とリリーシュカは使い手だからなんとなくわかるし、ノイも俺の『魔力改変《イリミティブ・メノン》』で雰囲気は摑んでいるはず。

嫌な確信はあるが、どんな魔術なのかは見当がつかない。

効果にしても、代償にしても、神代魔術のそれは異常で異質。

「――あ、ウィルくんも、学園長も来たんだ。決闘はまだ終わってないのに」

「……お前は誰だ」

「ウィルくんを大好きなレーティア・ルチルローゼを忘れたの？」

「外見の話をしているんじゃない。レーティアに取り憑《つ》いたお前は誰だと聞いている」

濁りのない金色の瞳《ひとみ》は、超越者の目をしていた。

「――これもわたしなんだよ。自分の気持ちに素直になっただけ。もう、わたしだけ置いて行かれるのは嫌なの」

だから、と。

「わたしは追いつくよ。この力で、二人に――――ッ！」

再び、魔術の気配。

レーティアに話を聞き入れる気がないのは理解した。

こうなったら強引《ごういん》に止めるしかない。

俺の『魔力改変』ならレーティアの神代魔術にも対抗できる……はず。

「ウィル、学園長。手を出さないで」

静かな声。靴音が鳴る。

俺を手で制し、リリーシュカが前へ出た。

「決闘は終わってないわ」

「言ってる場合か」

「今回ばかりはバカ弟子の言う通りじゃ。普通の魔術では手に負えんぞ」

「……この学園の方針は放任主義の自己責任だったはずよね。なら、私たちの決闘に介入するのは理念に反するんじゃないかしら」

「むむ……」

ノイが渋面で唸《うな》る。

教育者、しかも学園長という立場では、この状況を見過ごすことに抵抗感があるのだろう。

しかしながらリリーシュカの論は学園において普遍の事実。たとえそれが決闘祭という学園行事の場を借りたものとしても——だ。

俺もどうするべきか迷っていた。

リリーシュカを信じていないわけではない。

このレーティアの相手をするなら神代魔術が必要。その代償をリリーシュカに背負わせていいのかと考えて、言葉が出なかった。

揺れる銀髪、決意を抱いた後ろ姿。

リリーシュカは顔だけで振り向いて。

「――心配しなくていいわ。あなたの愛がある限り、私は何も怖くない」

信じるしかない顔で告げるのだ。

「そこまで言われたら任せるしかないか」

「……そうじゃな。まだ試合は終わっておらん。わらわの仕事はおぬしらが試合を無事に終えるための準備、か」

よかろう、と結論が出たらしいノイが呟《つぶや》いて。

「『障壁』」

一声。

ただそれだけでフィールドを取り囲む魔力の壁が形成される。

「どれだけ保つかわからぬが、気休めにはなるじゃろう。周囲への被害はわらわがなんとかしよう。おぬしらは決着をつけるとよい。……全力で友とぶつかることは若いうちしか出来んのじゃ」

「……ありがとうございます、学園長」

「死人が出かねない状況と判断したらわらわも止めに入る。二人とも、それでよいな？」

ノイの言葉に二人が頷く。

レーティアにはまだ人の言葉を聞き入れるくらいの理性は残っているらしい。

俺とノイは二人から距離を取り、フィールドの端へ。

「――バカ弟子、後でおぬしは説教じゃ」

「それくらいは甘んじて受け入れよう」

「とはいえ、レーティア嬢が言い出したことじゃろう？　あれで我が強く、言い出したら聞く耳を持たない。試合を思い返すと、このために魔晶症であることが必要だったのかもしれんな。まったく無茶をしよる」

ノイの評価には心底から同意を覚える。

でも、俺たちには二人の試合を見届けるしか出来ない。

視線を中央、向かい合う二人へ。

「リーシュ、決着をつけよう。わたしは諦めてない。負けてない。引き下がる気もない」

火の粉を払い、うっそりと微笑《ほほえ》むレーティア。

ぼ、ぼ、ぼ——白く輝く火球が踊った。熱で空気が揺らめき、輪郭がブレる。太陽が間近にあるのかと感じるほどの熱量。

リリーシュカは表情を崩さず、氷のように澄み切った眼差《まなざ》しでレーティアを映す。

「決闘なら、改めて名乗るのが流儀かな」

スカートの裾《すそ》を摘まみ、カーテシーを一つ。

上げた顔は、微笑みながら泣いていて。

「——神代魔術師レーティア・ルチルローゼ。置いて行かれないでね、リーシュ」

「——神代魔術師リリーシュカ・ニームヘイン。置いて行かないわ。ティアは私の……私たちの大切な友達だから」

二人は完全に神代魔術を使っての戦闘に意識を切り替えたのだろう。

現代魔術《プリス》にはない独特の気配が肌を刺す。

そんな場にいれば巻き添えは必死。だが、全てが終わった後でレーティアの魔晶症を治す役目がある俺は、決闘の終わりを見届ける必要がある。

俺も『魔力改変』を行使し、心の準備をしながらレーティアを注視した。

纏う魔力は燦然と輝く太陽を思わせる赤。特に赤い魔水晶で形作られた左翼には怖気《おぞけ》を覚えるほどの魔力が秘められている。

その赤い結晶が煌々《こうこう》と輝き、魔力へ変換されていく。

「わたしの『焉世独奔』は時間の加速。二人に追いつきたくて力を手にしたはずなのに、追い越しちゃうなんて……どうしようもない力だよねッ！」

腕を振るうレーティア。

軌道に沿って白色の火球がリリーシュカ目がけて飛翔し、瞬きの間に世界がズレる。

直後、爆発。

巻き起こった爆炎や熱風が決闘場を襲うが、届いたのは爆音だけ。

光も熱も、煙すらも、その瞬間を切り抜いたかのように固まって——もとい、凍っていた。

氷風一閃《ひょうふういっせん》。

「——決闘は私とティアの戦いよ。他を巻き込むのはやめなさい」

鋭い冷気で断ち斬られた爆発が晴れ、リリーシュカが裂け目から無傷のまま現れる。

レーティアの顔に歓喜が宿った。

「それがリーシュの神代魔術？」

「『封界凍結《ネイヴル・グレイシャ》』よ。主な効果は概念的凍結かしら」

「……鏡合わせみたいだね、わたしたち。焰と氷、加速と凍結、元婚約者と婚約者」

そこまで口にして、レーティアは左目から溢れた涙を拭う。

「……どこでおかしくなっちゃったのかな。魔晶症にならなかったら、わたしがウィルくんの婚約者のままでいられたのかな」

レーティアが零したのは変えようのない後悔。

魔晶症に罹《かか》り、命の保証が無くなった令嬢を王子の妃とは出来ない。

王侯貴族の婚約に感情は不要。婚約破棄をする場合も同じだ。

それが一人の少女の幸せな未来を奪う決断だとしても。

「………私にはわからないわ。でもね、一つだけわかることもある」

細められた青い瞳。

細氷が舞う天《そら》。

冬の再現。

肌を刺す冷気。

吐き出す息が白く染まる。

「ウィルがティアを、本当に大切に思っていることよ」

フィールドの半分が氷の世界へと変わる。

『封界凍結』。

この世全てを凍てつかせる神代魔術が、レーティアを止めるべく行使された。

しかし、氷の勢いは半分を過ぎたあたりで完全に消えていた。

「……そんなこと、わかってるよ」

焔の波濤《はとう》が氷の停滞を押し返す。

噎《む》せ返るほどの熱。

胸を押さえるレーティアの表情は悲痛に歪《ゆが》み、不自然なまでの速度で焔が勢いを増した。

「わかっていても無理だったッ！　一度……ううん、何度も諦めようとしたのに、ウィルくんの顔を見る度に胸が辛《つら》くて、苦しくて、でも大切な友達に嘘《うそ》はつきたくなくて、必死に目を逸《そ》らし続けたッ!!」

こんな結末に至ったのは、俺がレーティアの優しさに甘えすぎたからだ。

俺への変わらぬ想《おも》いを知りながら真面目《まじめ》に向き合えなかった怠惰。リリーシュカへ遠慮するとわかっていたのに、長年で積もった想いを消化させられなかった。

俺も、その罪を背負うべきだったのに。

「リーシュはきっと、これからの人生をウィルくんと一緒に歩んでいくッ！　それをわたしはすぐ傍で眺めるだけなんて――」

空間が歪む。魔力の不自然な流れを認知する。

レーティアの手にした神代魔術『焉世独奔』。

再現する神の御業は世界の加速。速さとは重さであり、熱。

その破壊力は言うまでもない。

「羨《うらや》ましくて、頭がどうにかなりそうだったッ!!」

遥か頭上に浮かんだ極光を放つ珠。

一条の光が尾を引き、リリーシュカへと殺到する。

上級魔術の何十倍もの威力を秘めたそれを前にして、

「――言えたじゃない、ティア」

恐怖も不安も感じさせない、どこまでも穏やかな笑顔でリリーシュカが迎え撃つ。

「私は政略結婚で決められた婚約者よ。婚約破棄されなければ、これからの人生をウィルの隣で歩んでいく。それは誰にも止められない」

緻密な制御で魔術が編まれていく。

レーティアの熱と速度を止めるために、停滞の力が約定を成す。

「……わたしには、自慢にしか聞こえないよ」

「かもしれないわね」

リリーシュカはレーティアの言葉を否定せずに受け入れる。

瞬間、生み出された巨大な氷の盾が熱も光も遮った。

守護の意思を掲げた魔術が世界の法則を捻《ね》じ曲げる。

「私はウィルに愛されている。少なくとも私はそう思っているから、恐れずにこの力を使える。ティアが本当にウィルを愛しているというのなら――」

リリーシュカが氷の盾で道を切り開き、駆ける。

極光の珠と盾が衝突。

爆音と膨大な光、大量の水蒸気が決闘場を覆いつくして。

「――最後の最後まで信じなさいよ、ティアッ!!」

リリーシュカが容赦ない平手打ちをレーティアへかました。

目が覚める快音。

平手打ちをくらったレーティアが目を見開き、身体が傾き倒れかける。そのレーティアをリリーシュカが躊躇《ちゅう》《ちょ》うことなく支え、ぎゅっと抱きしめた。

焰の勢いが萎《しぼ》んでいく。

レーティアの気持ちを示すかのように。

「……自分の気持ちばかり優先して、醜い嫉妬《しっと》でウィルくんもリーシュも傷つけて――わたし、何がしたかったんだろうね」

憑《つ》き物《もの》が落ちたかのような声音で力なくレーティアが呟いた。

リリーシュカが背中をそっと摩《さす》る。

赤い結晶の左翼がボロボロと崩れ落ちる。

「愛されたかったのよね、ウィルに」

「……そう、だと思う。愛することは出来ても、愛されるのは許されない。愛に色んな形があるとしても、わたしが欲しい愛は絶対に手に入らない。それは、リーシュだけのもの」

レーティアがリリーシュカの抱擁を離れ、一人で立つ。

ふらつく足で俺に歩み寄る。歩幅は乱れ、小さくとも着実に。

やがて俺の目の前に辿《たど》り着く。

舞い上がった前髪。

曇りなき金と赤の双眸が、俺へ向いていて。

「――捕まえた」

温かな吐息と共に囁《ささや》かれた声。

蕩《とろ》けた眼で俺を見上げたレーティアから魔力が膨れ上がる。

『魔力改変』で気づけても、対処するには遅すぎた。

俺とレーティアの周囲に純白の焔の幕が上がる。

「ウィルッ⁉」

リリーシュカの叫び声が聞こえるも、既に頭上まで焔が塞いでいた。

俺とレーティアだけが焔の牢《ろう》に閉じ込められる。

触れれば火傷《やけど》では済まない熱量のそれは、さながら俺たちと世界を二分する境界。

「……なんの真似《まね》だ？」

「二人だけの世界だね、ウィルくん」

「…………いいから魔術を解け」

「これでウィルくんはわたしだけのもの……すごくイイ響きだと思わない？」

魔術の解除を求めるも、レーティアは心底愉《たの》しそうに口ずさむばかり。

まるで言葉が届いていない。さっきはまだ会話が成立していた。

なのにこれは……神代魔術の感覚に呑まれたのか？

だったら強引にでも解除を――――ッ!!

幸いなことにレーティアは抱き着いたままで『魔力改変』の行使は容易だ。

そう、思っていたのに。

「わたしには追いつけないよ」

「――――っ、な」

無意識で止まっていた呼吸。

違う。

俺の意識が、ほんの一瞬だけ途切れていた。

『魔力改変』の手ごたえも一切なく、変わらずレーティアが微笑むばかり。

「……俺の認識を加速させたのか？」

「わかるんだ。でも、抗《あらが》えないよね。速さは強さだよ」

俺が全ての魔力を掌握できるとしても、認識より速いものには対応できない。

認識できなければ存在しないのと同じだ。

レーティアの神代魔術は単純、故につけ入る隙がない。

「わたしは速すぎるから、ウィルくんには追いつけないよね。だからわたしは連れ去るの。強引に、有無を言わさず、二人だけの世界へ――」

レーティアの声に熱が籠《こも》る。

それに呼応するように俺たちを囲む焔の幕が一層激しく燃え、揺らめいた。

体力が熱に着々と奪われていく。『魔力改変』で頭は冴《さ》え渡《わた》っているはずなのに、身体が動いてくれない。

痛いほど渇いた喉の奥。止まらない汗が流れ、床に落ちると一瞬で蒸発した。

気を抜けば意識を失いそうだ。

けれど――

「……いい加減、下手な芝居はやめたらどうだ。話が通じないふりをしているが、本当は正気なんだろう？」

ぴくり、とレーティアの眉《まゆ》が上がる。

「……なんのこと？　わたしはウィルくんと、二人だけの未来に行くために――」

「俺を隔離したのは気を引くためか？　随分と安直な手を選んだな」

「…………それ、は」

「答えなくていい。顔を見ればわかる」

口ごもったレーティアを見て、俺の読みが正解だったのだと理解する。

警戒する必要がないとわかった途端に緊張が抜けた。

レーティアは敵じゃない。

「不満があるなら言葉を介するべきだと俺は思うんだが、どうだ？」

「……言葉だけじゃ伝わらないこともあるよ」

「だからこうなってるのか」

つまりは俺のせいだな。

二度も話す機会があったのに、抱えていた感情を完全に消化させられなかった。

燻《くすぶ》ったそれが神代魔術を機に再燃し、暴走した。

「わたしはリーシュが死ぬほど羨ましい。嫉妬で頭がおかしくなって、無駄だとわかっていてもこんなことをしてしまうくらいには」

それはリリーシュカにも語っていたレーティアの胸の内。

「わたしの想いは魔晶症がある限り、一生消化されないの。古い物からどんどん劣化し、腐って、心の底に沈殿する。そんな醜い感情で満たされてしまったのがわたし——レーティア・ルチルローゼという少女」

「…………」

「でも、だからこそ綺麗《きれい》な物に憧《あこが》れる。泥の中から必死に腕を伸ばして、留まらないとわかっているのに抱きしめる。その一時だけは満たされるよ？　けれど、過ぎてしまえば残るのは消えていく体温だけ。……そんなの、理解していても虚しすぎるでしょ？」

言葉に滲む苦痛と虚無。

自分のものではないそれを完全な形で理解は出来ない。

支えになることすら同情と受け取られてもおかしくない。

「だけど、気付いたの。二人だけの世界ならわたしはウィルくんと結ばれるって」

「……神の御業でも出来るはずがない傲慢な望みだな」

「神代魔術は奇跡と同義。不治の病を治すよりは現実的かなと思ったのに……やっぱり思い通りにはならないね。そういう代償なのかなぁ」

世界すら加速する神代魔術の代償として願いが叶《かな》わなくなるのは、釣り合いも取れているような気はする。

それが正解だとも思わないが……何にせよレーティアの代償は気になるところだ。

「なら、試してみるか」

「……どういうこと？」

「俺に叶えられる範囲の願いを教えてくれ。叶えば代償は別って証明になる」

というのも、神代魔術の代償は絶対だ。運命とか因果とかの、人間には手の施しようがない強制力を持っている。

だから普通なら叶えられる望みでも、代償がそうなのであれば絶対に叶わない。

どうだ？　と訊《き》けば、悩む素振りを見せた後に、

「………………それ、なんでもいいの？」

食い気味な雰囲気で迫ってくる。

正直なところ、こんなものはお遊びだ。

俺の意図にレーティアも気づいているから、確認のつもりで言ったのだろう。

「ああ。これ以上の無茶はさせられない」

「ウィルくんらしい答えだね」

こほん。

息と、佇《たたず》まいを整えたレーティアが熟考して。

「……愛してるって言ってほしい」

赤面しながらも、想いと視線だけは真っすぐに突きつけてくる。

「……悪い。それは出来ない」

けれど、俺はその願いを叶えられない。

瞬間、レーティアの表情が怪訝《けげん》に曇る。

「…………理由を聞かせてほしい。ウィルくんは叶えられる範囲の願いを、って言ってた。わたしに愛してるって言えないのは嫌いだから？」

「そんなわけないだろ」

「だったら――ッ」

胸に飛び込んでくるレーティア。

顔を埋め、肩を叩いた手の力は弱々しい。

「俺の婚約者はリリーシュカだ。レーティアは悪いが今は友人で、たとえこの場限りの愛を囁く言葉だとしても責任を持てない」

わざと突き放すような物言いをしたのは意識してのこと。

そうじゃないと、言ってしまいそうだった。

俺が理屈を抜きに感情任せで『愛してる』と伝えれば、レーティアはこの瞬間だけは救われることだろう。

しかし、その後に待っているのは絶対に結ばれないとわかっている相手を追うだけの日々。

それでは何も変わらない。

「……楽になるのは今だけだ。人生は明日や明後日なんて比べ物にならないくらい長く続く。なのにここで俺がそんなことを言えば、間違いなくレーティアの心を縛る呪いになる」

「そんなの気にしなくていいのに。わたし、ウィルくんになら呪われてもいいよ？　むしろ、歓迎かも」

「冗談でも呪われたいなんて言うな」

「……そう、かもね。でも、手遅れだよ」

埋められていた顔が上がる。

間近で俺を見上げるレーティアの金紅の双眸《そうぼう》。

どこか諦観を伴った雰囲気のまま、紡ぐ。

「この想いは忘れられない。明日も、明後日も、その先もずっと、わたしはウィルくんに焦がれたまま。濃くはなっても、薄くはならない」

「……だとしても、俺は」

「いいよ。気にしないで。ウィルくんならそうすると思ってた。花婿から一番に愛されるのは花嫁じゃなきゃ。間違っても、友人じゃない」

緩く首を振って、レーティアが笑む。

ぎこちない、無理をしているのが丸わかりの仕草。

俺は待たせすぎたのだろう。

もし、魔晶症なんて関係ないとクソ親父に直談判でもして、強引にレーティアを婚約者としていたなら——別の未来があったのかもしれない。

意味のない仮定の話としても、考えてしまう。

俺は愛という感情に対する理解が足りていないと最近になって実感した。

そもそも愛にはいくつか種類があり、関係性によって変わる上に、何を以《も》って愛とするのかが不明瞭だ。

愛してる、という言葉に愛はあるのか？

抱きしめたり、キスをすれば愛の証明足りえるのか？

明確な答えが存在しないとわかっているが……レーティアの要求は、根本的なところまで辿ると愛を求める気持ち。

レーティアが求める愛は婚約——人生の伴侶へのもの。

それを俺が捧げるべき相手は政略結婚の婚約者、リリーシュカ。

……そんな綺麗事、わかってる。

わかっていても、手を伸ばしたいと思ってしまった。

「じゃあ、別の願い事。……また、わたしを助けてくれる？」

「それならお安い御用だ」

「ありがとう、ウィルくん。……それと、ごめんね」

唐突な謝罪の意味を理解する前に、不意に伸びてきたレーティアの腕が首元に絡《から》まる。

一気に迫るレーティアの顔。化粧で彩《いろど》られた白い肌と瞑《つむ》った瞼《まぶた》。

妙に艶《つや》やかな赤い唇が、躊躇いがちに触れあって。

「――――っ」

背伸びをしてバランスを崩し、倒れかけたレーティアを抱きしめる。

どこか安らいだ、穏やかな表情。

いきなりのことで困惑したが、意図を理解して納得する。

魔力は間に余計なものを挟まない方が認識しやすい。

魔晶症の治療は失敗も出来ない以上、なるべく確実な方法を取りたい。

これなら間には何も挟まらない状態で魔術の行使が可能だ。ある意味では理想形の一つとも言えるだろう。

だからといっていきなりキスされたことに関しては色々言ってやりたいが……救命のためと自分を誤魔化す。

レーティアもそれを望んでいそうだ。いきなりキスをしてきたのは俺に言い訳の余地を与えるためだろうか。

力を込めれば砕けそうな華奢《きゃしゃ》な身体。

もう意識を保つのでやっとなのだろう。

限界なんてとっくに超えている。
俺も気持ちを切り替えて『魔力改変』を行使する。
魔力を使い果たしたためか、俺の魔力が馴染みやすい。
抵抗なく巡る感覚へ全神経を注《そそ》ぐ。
そして、正常な流れを『魔力改変』で作り上げ――
「はぁ……っ」
唇が離れる。
間にかかった透明な橋。
表情を蕩《とろ》けさせたレーティアと目が合って。
俺たちを囲っていた焔の幕の勢いが弱まり、掻《か》き消《き》える。
駆け寄ろうとしていたリリーシュカだったが、俺たちを見て一瞬足を止めた。
……ああ、これは後で謝らないとな。
「……リーシュに、後で謝らないと」
レーティアも俺と同じことを考えたらしい。
しかし、悪戯《いたずら》っぽく笑ったまま意識を失って、長かった決勝戦は幕を下ろすのだった。

Epilogue

「——アレが神代魔術《プリミティブ》なんだ。すごく面白《おもしろ》いね」

レーティアが気を失ってすぐのこと。

熱気の残るフィールドへ観戦を続けていたクウィンが拍手をしながら降りてきた。

淡泊な表情に、悪魔のような思惑を隠して。

「クウィン嬢……おぬし、逃げておらんかったのか」

「当然だよ、学園長。そもそも、クウィンの目的の一つはこれだったわけだし」

これ、が示すのは大っぴらに披露してしまった神代魔術だろう。

「ウィルとレーティアちゃんの間になにかあるのはわかってた。緘口令《かんこうれい》が敷かれていたんだろうけど、噂《うわさ》までは遮断できない。まあ、秘密を暴《あば》こうとした決め手はこの間、フェルズくんとの間であったいざこざかな」

……確定だ。クウィンは初めから俺《おれ》たちを怪しんでいたのか。

だから接触してきたし、魔晶症を隠して戦うレーティアを支援した。

それが俺という魚をおびき寄せる格好の餌になると予想して。

レーティアの魔晶症を神代魔術で治したと知る人は限られている。

この口ぶりだとフェルズとの決闘は知られていそうだ。

……クウィンがフェルズに対してちらつかせた弱みはこれか。

「……クウィン、あなたは何を企《たくら》んでいるの？　まさかウィルを――」

「それはないよ」

リリーシュカの懸念をクウィンは首を振って否定する。

「クウィンは楽しいことに目がないだけ。王位にも今のところは興味ない。信じるも信じないもキミたち次第。伝承でしか語られない神代魔術師を敵に回す気はないよ」

「……騙《だま》すような誘導をしておいて、いまさら信用されようなんて無茶を言うな」

「かもね。けれど、レーティアちゃんはクウィンに少なからず感謝してるんじゃない？　決闘祭に出場するために色々と手を尽くしたから。あの子のことを大好きな甘すぎるキミたちが、クウィンを敵として扱えるとは思えないけど」

……俺たちの感情まで計算済みか。

レーティアがクウィンを恨むことはないだろう。

俺たちの秘密を探った事実があっても、だ。

「クウィンは神代魔術のことを吹聴《ふいちょう》する気はない。誰《だれ》も信じないでしょ？」

「……見せても俺たちなら信じられない可能性もあるけどな」

「嘘《うそ》つきがいつも嘘をついているわけないのにね。嘘は真実に混ぜるから意味がある。タイミングも大事。この人は嘘をつかない――そう信じ込ませてからが本番」

じっと、クウィンが俺の顔を覗《のぞ》き込む。

嫌になるくらい整った、人形のように表情が薄い顔。

「取引をしようよ」

「……脅迫の間違いじゃないか？」

「ううん、取引で合ってるよ。脅迫だとクウィンがキミたちを脅してるみたいだからやめて」

神代魔術という秘密を握られた俺たちに主導権はない。

何をさせられるのかと警戒ばかりが高まる。

並々ならぬ手間をかけてまで俺たちに求めるものは何だ？

金、地位、名誉……いや、神代魔術でしか解決できないような厄介事を抱えている？

考え出せばキリがない。

「主にウィルへのお願いかな。――クウィンを他の王位継承権者から守って」

「……は？」

クウィンが言い出したのは、間違っても俺に求めるべきではない内容の頼み事。

思わず呆《ほう》けた返答が喉《のど》を飛び出てしまう。

「人の口を完全に塞《ふさ》ぐなんて不可能。ウィル……やる気なし王子が五回生首席のフェルズに非公式の決闘で勝ったなんて知られたら、裏を探るのは当たり前のこと」

「……クウィンがしたように、か？」

「当たり前だけど神代魔術のこともバレるよね。伝承でしか語られない魔術。その使い手を警戒し、排除しようと動くのは当然の流れ。そして、それを知っていたクウィンも例外じゃない。表面上は関係がないように見えても、裏で繋《つな》がってるんじゃないかと勘繰られたら終わり」

肩を竦《すく》めてクウィンが言い切る。

理屈に関しては理解したが――

「……自業自得じゃないか？　神代魔術を探ったのはクウィンの意思だろう？」

「だって楽しそうだったから」

……まともな返答を期待した俺が間違っていた。

「でも、暴かれる方も悪い。秘密ならちゃんと隠して」

「なんで俺が文句を言われてるんだ？」

「そういうことだからウィルはクウィンを守って。囲う女の子が一人増えるだけなのに躊躇《ためら》うことがあるの？」

「人聞きの悪い言い方はやめろ。囲ってない。あと、お前みたいに邪悪な思想の持ち主を女の子とは呼びたくない」

「姉なのに酷《ひど》いね」

「姉らしいことをしてから言え」

はあ、と盛大にため息が零《こぼ》れる。

要するに今後もクウィンが絡《から》んでくるのを容認しろってことだろ？

余計な心労が増えるし、面倒だ。

だが、野放しにするよりは監視できる手元に置いておいた方が楽ではある。

本人も望んでいるなら問題もない。

「……リリーシュカはどう思う？」

そこで一度、リリーシュカにも伺いを立ててみる。

神代魔術のことを知られているのは俺だけではない。

「私は構わないわ。ウィルを信じるから」

「肝心なところを人任せにするな」

「いいでしょ？　それに……クウィンがティアを助けようとしたことだけは、何があっても変わらないから」

「……秘密を外部に明かした場合、身の安全は保障しない。それでいいな？」

「いいよ。これからも仲良くしようね」

答えは聞けたとばかりにクウィンが薄く笑む。

この選択がどう転ぶかわからないが、今後もクウィンの協力を得られると考えよう。

「……ウィル、私からも話があるのだけれど」

「なんだ？」

「ティアの魔晶症を治すのに『魔力改変《イリミティブ・メノン》』を使うって話だったじゃない？」

「そうだな。今回もちゃんと治せたはずーー」

「そうじゃなくて……私にはあの時、ティアとキスをしていたように見えたのだけれど？」

むっとした表情。

不満を訴えるかのような視線と声音。やっぱりバレていたらしい。

その思考が表情に出ていたのだろう。

やっぱりね、と言いたげな鋭い視線が突き刺さる。

「いや、違う。誤解だ。治癒魔術を施すときも間に何も挟まない方が精度が高まるのは知ってるだろ？　だからレーティアもあんなことをーー」

「わかってるわ。わかってても、嫌だったのよ。それだけは覚えていて」

「……悪い」

「いいわよ。ティアの安全が最優先だもの。……だけど、今日は傍《そば》にいていいかしら」

肩にかかる微《かす》かな重さ。銀糸がさらりと流れる。

リリーシュカが俺の肩へ凭《もた》れかかって両目を瞑《つむ》る。

これも神代魔術の代償だろう。

擦《す》り減った記憶を補充するために甘えているだけ。

「…………そうだな。ゆっくり休んでくれ」

「クウィンも疲れたなぁ」

「お前は勝手に休んでろ」

「わらわはここの後始末じゃな。……おぬしら、後で覚えておくんじゃぞ？」

◇

決闘場で意識を失ったレーティアは俺の部屋へと運ばれた。

医務室に連れて行かなかったのはレーティアの治療に神代魔術を使ったため、その後の経過観察をする必要があったからだ。

その後、俺とリリーシュカ、クウィンはノイからこっぴどく叱られた。

下手をすれば魔晶症が取り返しのつかない事態まで進行していた可能性もある。

俺の『魔力改変』で治せたのは昔のこと。また同じ治療法が使えるとは限らない。

ひとまず大事に至らなかったことを確認したノイが後程治療も受けさせると決定し、今日のところはお開きとなった。

……また詰められることは仕方ない。

止められなかった俺たちにも罪はある。

結果、収拾がついただけのこと。

「う……んっ…………」

もぞり。

眠っていたレーティアが身じろぎ、ゆっくりと瞼《まぶた》を上げていく。

「もう起きたのか?」

声をかけると、首だけがベッドの傍にいた俺の方へ向く。

どこかぼんやりとした目と視線が交われば、にへらと緩く笑った。

「ウィルくんがいるなんて、夢かなあ」

「紛れもなく現実だぞ」

「……じゃあ、わたしは生きてるんだ」

「当たり前だ。体調はどうだ?」

「…………痛みはないかな。感覚が麻痺してなければいいけど。あと、まだ起きられそうにないかも」

「ノイも様子を診て行ったが、魔力欠乏と疲労による衰弱だろうってさ。ゆっくり休め。まずはそれからだ」

「うん、そうする」

レーティアは素直な言葉で受け入れる。

どうなることかと警戒していたが、不穏な気配は完全に鳴りを潜めていた。

「それで、わたしはどれくらい眠っていたの？」

「まだ決闘祭二日目の深夜だ。時間にして半日ってところか。『魔力改変』で治した都合で俺の部屋に寝かせている」

「……だからこんなに安心する匂《にお》いがするんだ」

……色々思うところがないでもないが、何も聞かなかったことにしよう。

でも、こんなに早く目が覚めるとは思わなかった。

俺が傍にいたのは容体が急変しても対応できるように、と考えてのこと。『魔力改変』で治るとしても、完全な理屈を理解しているわけじゃない。未知の部分が原因となり、魔晶症を抑えられていない可能性だってある。

ノイの見立てでは問題ないとのことだったが、安定するまで安心はできない。

「目が覚めたなら聞いておきたいことがある」

「神代魔術のこと？」

「俺の『魔力改変』で好奇心が失われたように、レーティアも神代魔術を使ったなら必ず何かを失っている。……心当たりはあるか？」

聞くのがどれだけ怖くても、知らなければならない。

神の御業の対価は取り返しのつかないもの。

俺の好奇心も、リリーシュカの記憶も。

しかし、レーティアは目を伏せて、

「……まだ実感がない、かな。それって神代魔術を使ったらわかるものなの？」

「俺はなんとなくだな。リリーシュカは状況証拠から予測を立てていた。違和感すらわからないのなら、そういう類の代償なのかもしれないが……」

わからないのが一番怖い。

あずかり知らぬところで事態が進行し、気付いた時にはもう手遅れ。

これ以上、レーティアから何かを奪わせるわけにはいかない。

「……ウィルくん。神代魔術を手にしたことは後悔してないって言ったら、怒る？」

恐る恐る、レーティアが聞いてくる。

「形はどうあれ、二人が見ている景色をわたしも見られてよかったって本当に思ってる。でも、使う側に立ったことで怖さも理解したつもり。あのときのわたしは変な感覚に溺れていて……何でもできる気がしてた」

俺も覚えがある感覚だ。

力に呑《の》まれる、とでも言えばいいのか。

神代魔術には代償とは別に、人を狂わせる何かがある。

「俺が怒るとすれば魔晶症で決闘祭に出たことの方だな。神代魔術は……変な声を聞いたとか、そういうのはないか？」

「……あった」

「やっぱりか。なら気にするな。代償も使わなければないも同然だ」

「………ごめん。使わないって約束は出来ない。わたしは必要なら、またこの力を使うと思う。どんな代償があるとしても、この力でしか叶《かな》えられないことがあるなら――」

俺はその気持ちを否定できない。

それが譲れない望みであるのなら。

「……明日、ううん、もう今日なんだよね。決闘祭、みんなで見に行けるかな」

「歩き回れるくらい体調が回復していたらな」

「ウィルくんは寝ないの？」

「俺は椅子《いす》と机があればじゅうぶんだ」

「一緒に寝ていても怒らないのに」

冗談に聞こえないのはどうにかしてほしい。

「……リーシュにも後で謝らないと」

「神代魔術のこともあるし――」

「それもあるけど、一番は花婿の唇を奪ったことかな」

照れくさそうにレーティアが笑う。

あれは治療の一環で、あの場では必要なことだった。

リリーシュカともそういう方向で和解は済ませてある。

……めちゃくちゃ不機嫌そうではあったけど、まさかな。

「ウィルくん」

「今度はなんだ?」

「――これからも、ずっと好きでいてもいいですか?」

囁《ささや》くような告白。

それを咎《とが》める資格も、理由もない。

しかし、俺には婚約者……リリーシュカがいる以上、レーティアの想《おも》いはこの先ずっと一方通行にしかならない。それがどれだけレーティアの精神に負担をかけるのだろう。

都合がいい話だが、レーティアとは今後もよき友人であり続けたい。でもそれは、必然的にリリーシュカとの日々を見せつけるということでもある。

その辛《つら》さをレーティアは納得して呑み込《こ》めるのだろうか。

……いや、違うな。

レーティアだけに背負わせやしない。

俺にとってのレーティアは誰よりも大切な友人なのだから。

やる気なし王子となったことを後悔はしていない。

その道を選んだのは俺だ。

背負ったものは、最後まで背負い続けなければならない。

過去も現在も、もちろん未来も。

そうでなきゃ、こんなどうしようもない王子を心の底から信じているどこかの令嬢がバカを見るだけだろう?

「勝手にしてくれ。生憎《あいにく》と返せるものは何もないけどな」

「そんなことないよ。勝手に貰《もら》い続けるから。この先もずっと、死が二人を別つまで——なんて、ね」

あとがき

どうも、海月《みつき》くらげです。

なんとかまたお会い出来ましたね。よかったです……本当に。

『花嫁授業《マリー・ベル》』の二巻は一巻よりも学園らしい話に仕上がっていると思います。迷宮探索に決闘祭。リリーシュカはもちろん、今回はレーティアの出番が多めです。そして新キャラの第四王女クウィンは敵か味方か……。

未読の方はどうぞお楽しみに。既読の方はお楽しみいただけていたら何よりです。

……毎度思うんですが、あとがきって何を書いたらいいんですかね。あとがき下手ん人《ちゅ》なんだ、すまねぇ……。

転生して銀髪美少女になりたいです。いや、美少女なんですけどね（?）

ともかく、面白かったらSNSとかで宣伝していただけると助かります。続巻重版コミカライズアニメ化したい……！

作家の鳴き声ノルマ、ヨシ！

以降、謝辞になります。

担当編集のなかむーＩ様。一巻から引き続き本作の編集作業をしていただき、ありがとうございます。プロットのあれこれでお騒がせしましたが、なんとか無事に刊行できたのはなかむーＩ様のお陰です。本当にありがとうございます。

夕薙《ゆうなぎ》先生。二巻でもイラストを担当していただき、ありがとうございます。クウィンのキャラデザを頂いてから、イメージがより強固になりました。そして表紙の目線を合わせる表現が本当に素晴らしかったです。

そのほか本書の刊行に関わっていただいた全ての関係者様へ、心からの感謝を。誠にありがとうございました！

また次刊でお会いできることを願っています。

ファンレター、作品の
ご感想をお待ちしています

〈あて先〉

〒105-0001
東京都港区虎ノ門2-2-1
ＳＢクリエイティブ（株）
GA文庫編集部 気付

「海月くらげ先生」係
「夕薙先生」係

本書に関するご意見・ご感想は
右の QR コードよりお寄せください。

※アクセスの際や登録時に発生する通信費等はご負担ください。

https://ga.sbcr.jp/

本書は、カクヨムに掲載された
「やる気なし天才王子と氷の魔女の花嫁授業」を
加筆修正、改題したものです。

やる気なし天才王子と氷の魔女の花嫁授業《マリー・ベル》2

発　行　　2024年5月31日　初版第一刷発行
著　者　　海月くらげ
発行者　　出井貴完

発行所　　SBクリエイティブ株式会社
〒105-0001
東京都港区虎ノ門2-2-1

装　丁　　AFTERGLOW

印刷・製本　中央精版印刷株式会社

ISBN978-4-8156-2031-8
Printed in Japan
GA文庫

異端な彼らの機密教室２
思春期スナイパーの引き金を引く理由
著：泰山北斗　画：nauribon

GA文庫

訳ありの少年少女が集められる防衛省直轄の機密教育機関、紫蘭《しらん》学園。実働Ａ班の執行官・羽黒潤《はぐろじゅん》は、国際的テロ組織イエローアイリスとの激闘後も任務に追われていた。そんな中、離反疑惑のある特戦群の狙撃手・川崎《かわさき》ミカエラの抹殺を言い渡される。Ａ班の狙撃手・桜ヶ平青葉《さくらがひらあおば》を連れていくも、先のテロリストとの戦闘で彼女は人を撃てなくなっており、任務に失敗してしまう。

二度目の失敗は許されない。けれど、敵陣営には潤の師匠となる伝説の狙撃手の存在も確認されて——。

引き金を引けなくなった若きスナイパーに道を示せるか？　不遜×最強ボディガードによる異端学園アクション、第二弾！

第17回 GA文庫大賞
GA文庫では10代～20代のライトノベル読者に向けた
魅力溢れるエンターテインメント作品を募集します！
書く、その先へ。
イラスト／はねこと
大賞賞金300万円＋コミカライズ確約！
全入賞作品を刊行までサポート!!
◆ 募集内容 ◆
広義のエンターテインメント小説（ファンタジー、ラブコメ、学園など）で、日本語で書かれた未発表のオリジナル作品を募集します。希望者全員に評価シートを送付します。
※入賞作は当社にて刊行いたします。詳しくは募集要項をご確認下さい。
応募の詳細はGA文庫公式ホームページにて
https://ga.sbcr.jp/